"Je veux vous interviewer," annonça Pattie

"Quoi?" Duncan éclata d'un rire moqueur. "J'aimerais mieux être interrogé par la police!"

Elle était à bout de forces. Elle se renversa dans le fauteuil et répliqua avec lassitude : "Dans ce cas, je vais devoir vous prier de me ramener à Grimslake."

Elle crut un instant qu'il allait la frapper. De toute évidence, il était absolument furieux. "Me permettez-vous de passer la nuit ici?" reprit-elle d'un ton hésitant.

"Il n'y a évidemment aucune autre solution…Je n'ai pas le choix!"

Elle murmura timidement : "Je resterai ici, n'est-ce pas?"

"Il y a un lit, là-haut. Un seul, le mien. Vous ne me proposez pas de le partager, je présume?" lança-t-il d'une voix méprisante…

LE TALISMAN CHINOIS

Jane Donnelly

Collection Harlequin

PARIS · MONTREAL · NEW YORK · TORONTO

Publié en octobre 1983

ISBN 0-373-49357-6

Dépôt légal 4e trimestre 1983
Bibliothèque nationale du Québec et Bibliothèque nationale
du Canada.

Imprimé au Québec, Canada—Printed in Canada

1

En regardant la photo, elle faillit s'étrangler avec son café. Celui-ci était brûlant, et Pattie Rost le dégustait à petites gorgées quand elle reconnut la jeune fille blonde et souriante, au bras d'un homme.

« C'est un nouvel amour, disait la légende, pour Jennifer Stanley, vingt-trois ans. Ses fiançailles avec Nigel Poynton, fils du propriétaire terrien milliardaire, Lord Poynton, avaient été rompues l'an dernier, quelques jours seulement avant la date prévue pour le mariage. La ravissante Jennifer en avait été terriblement affectée. Il est donc réconfortant de la voir retrouver le bonheur avec son nouveau fiancé, le bibliothécaire Wilfred Jarvis. »

« C'est certainement réconfortant », songea Pattie. Elle n'avait jamais rencontré Jennifer Stanley, mais elle avait joué un rôle dans la rupture des fiançailles. Cela faisait partie du métier, lui avait-on expliqué, pourtant Pattie s'était sentie coupable. L'incident avait eu une influence sur sa vie, tout comme sur celle de Jennifer. Peu de temps auparavant, on lui avait offert un emploi dans un journal, et, quand Jennifer Stanley fut abandonnée, Pattie Ross donna sa démission, et entra dans l'équipe du magazine féminin pour lequel elle travaillait toujours.

Jamais elle n'avait voulu s'avouer que la triste aventure de la jeune fiancée l'avait amenée à cette décision.

Cependant, la vue de cette photo ranimait des souvenirs désagréables.

Oui, il était rassurant de constater que Jennifer Stanley avait retrouvé le bonheur, mais l'ironie du sort faisait paraître la nouvelle dans la chronique même qui lui avait valu une humiliation publique. L'homme avait l'air charmant, et Pattie leur souhaita mentalement à tous deux beaucoup de bonheur.

Comme toujours, avant de partir, elle lava sa tasse et sa soucoupe, et fit son lit. Même lorsqu'elle avait reçu des amis la veille au soir, elle ne laissait jamais derrière elle un appartement en désordre. Quand elle eut fini, elle passa son manteau en poil de chameau, prit sa sacoche de cuir fauve et ses gants.

Avant de sortir, elle se regarda dans la glace, près de la porte. L'image était séduisante : elle était mince ; ses cheveux bruns, séparés par le milieu, encadraient en vagues lisses un visage ovale aux traits réguliers, au teint légèrement bruni par une séance hebdomadaire au solarium.

Pourtant, elle se vit froncer les sourcils. Elle s'était éveillée, ce matin-là, d'humeur inquiète. Elle avait un problème, certes sans gravité, mais un problème quand même.

L'après-midi de ce même jour, elle entamait un congé de deux semaines. Michael Ames, le garçon qu'elle fréquentait, était expert-comptable et il se rendait dans les Cotswolds, une région montagneuse du centre de l'Angleterre, pour y rencontrer des clients. Il séjournerait dans un hôtel confortable. Si Pattie l'accompagnait, elle pourrait se détendre, passer les soirées avec Michael et des amis qui habitaient les environs. Tel avait été le projet adopté, mais, quelques jours plus tôt, elle avait décidé que son appartement avait grand besoin d'être redécoré.

Michael n'était pas de cet avis. Le gris pâle des murs de la salle de séjour lui paraissait comme neuf, et Michael, tout comme Pattie, était difficile à satisfaire. Ils avaient des goûts très proches. Certaines personnes remarquaient même entre eux une ressemblance physique, et leur demandaient s'ils étaient parents. Dès leur première rencontre, six mois plus tôt, lors d'une soirée, ils avaient découvert cette communauté de goûts et d'opinions. C'était merveilleux, et ils avaient passé tout leur temps ensemble... sauf pendant quelques minutes, quand Michael était allé au bar. Pattie avait alors surpris la réflexion d'une invitée : « Michael est amoureux de sa propre image depuis des années, et voilà qu'il l'a trouvée en chair et en os. » Pattie ne répéta pas cette phrase à Michael. Elle ne savait pas encore, alors, qu'ils se ressemblaient comme frère et sœur.

Elle avait pour lui une profonde admiration. Il s'acquittait remarquablement bien de son travail, ce qui plaisait à la jeune fille, car elle appréciait l'efficacité. Il était toujours élégant, tiré à quatre épingles, et elle jugeait cela rassurant : elle avait horreur du laisser-aller. Ses propres amis l'appréciaient et la mère de Michael voyait en Pattie une jeune fille charmante.

Elle n'avait jamais rien à reprocher à Michael. Ils ne connaissaient ni discussions ni disputes. S'il fut d'abord un peu contrarié d'apprendre que Pattie resterait à Londres pour repeindre son appartement, il finit par admettre qu'il y avait peut-être quelques traces de fumée sur le plafond de la cuisine. Il se garda de lui proposer de l'aider à leur retour : il ne se salissait jamais les mains.

Elle allait donc acheter de la peinture, cet après-midi-là, et elle passerait la semaine suivante à l'appliquer, au lieu de se prélasser près d'un feu de bois et de déguster de la grande cuisine avec Michael, quand il ne serait pas retenu par ses clients. Il aurait des loisirs, lui avait-il dit. Si elle changeait d'avis, ce devrait être avant midi : il partait à cette heure-là.

Certes, une couche de peinture ne nuirait pas à l'appartement ; pourtant, la plupart des gens l'auraient trouvé parfait, avec ses tons pastel. Pattie jeta un coup d'œil autour d'elle, et se demanda quel effet ferait un mur rouge géranium. Mais, aussitôt, elle sourit : ce n'était pas du tout son style, et cela n'irait pas avec le mobilier.

« Je vais partir avec Michael, décida-t-elle. Je passe au bureau, et je reviens préparer mes bagages... »

Au journal, l'article qu'elle avait terminé la veille était sur la table de Rose Richard. Celle-ci, devant un miroir appuyé contre la photo de son mari, essayait un nouveau fard à joues. Elle était rousse, avec des yeux gris-bleu.

— Que penses-tu de cette couleur ? demanda-t-elle à Pattie.

On aurait dit une ecchymose violacée, et la jeune fille l'examina sans enthousiasme. Rose haussa les épaules.

— Je ne l'ai pas acheté. Dinah me l'a donné.

Dinah s'occupait de la rubrique beauté, et des produits de toutes marques et de toutes teintes arrivaient constamment sur son bureau.

— Cela ne me va pas, je crois, reprit Rose. Alors, tu pars pour les Cotswolds ?

— Je n'en sais rien.

— Vas-y ! Amuse-toi un peu. Michael est un amour. Elle se nettoya la joue, et ajouta malicieusement :

— Ce n'est pas un rigolo, mais c'est un amour.

— Qui voudrait d'un rigolo ? rétorqua Pattie.

Elle frissonna légèrement, et posa les mains sur le radiateur. Il faisait ce jour-là un froid piquant, et le trajet depuis le parc de stationnement jusqu'à l'entrée de l'immeuble l'avait gelée jusqu'aux os.

— Comment le trouves-tu ? questionna-t-elle, avec un signe du menton vers son article.

— Bien, répondit Rose. Oui, très bien. Mais peut-être en faisons-nous un peu trop avec les familles heureuses.

Pattie rédigeait régulièrement un papier intitulé « L'homme du mois », après avoir interviewé des personnages que ses lectrices auraient aimé connaître : des hommes célèbres et séduisants. C'étaient pour la plupart des chanteurs ou des comédiens qui se laissaient très volontiers interroger : pour eux, c'était une bonne publicité. Les photos qui accompagnaient l'article étaient toujours flatteuses.

Pattie avait particulièrement apprécié cette dernière interview. L'homme était un interlocuteur amusant. Il l'avait fait sourire, et il y avait quelques charmants clichés de lui avec sa jeune et blonde épouse, et leurs deux enfants tout aussi blonds.

Sur le bureau de Rose, le téléphone sonna. Elle répondit, puis tendit le combiné à Pattie.

— Que puis-je faire pour vous ? demanda celle-ci.

— Alors, qu'en pensez-vous, ma chère ? déclara une voix masculine.

Pattie la reconnut, et fit la grimace.

— Avez-vous lu la chronique, ce matin ? reprit la voix.

Willie Dyson parlait naturellement de « sa » chronique. Pour lui, il n'en existait pas d'autre. Il rédigeait les potins mondains, et la jeune fille avait fait partie de son équipe, avant de venir au magazine. Elle aimait bien Willie, en dépit de sa tournure d'esprit assez méchante, mais elle était heureuse de ne plus travailler avec lui.

— Oui, dit-elle.

— Le paragraphe sur Jennifer Stanley ?

— Oui...

— Jolie suite, n'est-ce pas ? Un an tout juste s'est écoulé depuis la rupture des fiançailles... Toute la journée d'hier, nous avons essayé de prendre contact avec Duncan Keld, sans résultat. C'est agréable, de savoir que tout a bien tourné ! Elle est mignonne, cette petite...

— Mais vous avez une véritable peau de rhinocéros ! s'écria Pattie.

Et elle raccrocha, sur les protestations outragées de Willie.

— De quoi s'agissait-il ? s'enquit Rose.

— De cela...

Elle sortit de son sac le journal du matin, l'ouvrit à la page de la chronique de Willie et désigna la photo.

— Vous vous souvenez d'elle ?

— Oui...

Rose, le front plissé, lisait.

Elle connaissait l'histoire. Jennifer Stanley, absolument ravissante et très snob, avait failli épouser le fils d'un milliardaire. On avait parlé dans les journaux du mariage prévu, et Jennifer avait bien insisté sur un point : il n'y avait jamais eu d'homme dans sa vie, avant l'honorable Nigel Poynton. De ce fait, le jour où une fille assise à côté de Pattie, dans l'express de Birmingham, déclara qu'elle avait travaillé quelque temps avec Jennifer, deux ans plus tôt, la jeune fille l'écouta sans révéler sa qualité de journaliste. La presse publiait, ce matin-là, un croquis de la robe de mariée ; Jennifer mettait son point d'honneur à porter une toilette blanche et demandait avec quelque dédain si beaucoup de fiancées étaient en droit d'en faire autant. La compagne de voyage de Pattie s'exclama :

— Elle, en tout cas, certainement pas ! Quelle sainte nitouche !

Le lendemain matin, sans trop de conviction, Pattie parla de cette rencontre fortuite à la conférence de rédaction.

— Hier, j'ai fait par hasard la connaissance d'une jeune personne ; à l'en croire, Jennifer Stanley, qui se marie la semaine prochaine, aurait eu une liaison avec Duncan Keld...

— Avec *qui* ? s'écria Willie, l'œil luisant.

— Oui, lui. Cette fille travaille dans une librairie. Jennifer y avait pris un emploi pour l'été, à sa sortie du collège, et Keld est venu signer son dernier livre.

— Quelle librairie ? s'enquit Willie.

Elle le lui révéla.

— D'après cette fille, Jennifer était folle de lui. Soir après soir, elle disparaissait. La liaison a cessé quand il est reparti pour le nord : il possède une maison dans le Yorkshire.

Duncan Keld était un homme très célèbre ; on le voyait à la télévision, et ses articles paraissaient dans les publications les plus sérieuses. L'histoire séduisit Willie qui entreprit de la vérifier. Keld était à l'étranger, personne ne savait où. Cependant, il suffit à Willie de mentionner le nom de l'écrivain devant Jennifer pour entendre celle-ci s'écrier d'une voix rauque : « Oh, mon Dieu, pas cela ! » On verrait ce qu'on verrait, menaça-t-elle, si l'on osait lier son nom à celui de Keld. Non, il n'était pas invité au mariage, mais... oui, elle l'avait rencontré. Oui, ils avaient été plus ou moins bons amis.

Ensuite, Willie rédigea un entrefilet : « Il manque un nom, dans la liste des invités au grand mariage mondain qui unira, la semaine prochaine, Nigel Poynton à Jennifer Stanley, la beauté blonde bien connue : celui de l'écrivain Duncan Keld. C'est bizarre : il n'y a pas si longtemps, Jennifer et Keld étaient très bons amis. Peut-être Nigel a-t-il revu la liste ? »

On apprit presque aussitôt que le mariage n'aurait pas lieu. Une semaine plus tard, la voiture de Willie rencontra un arbre, du moins donna-t-il cette version, le jour où il arriva au bureau avec un œil au beurre noir et le visage tout enflé. Néanmoins, tous ses collègues savaient que Duncan Keld s'était mis à sa recherche ; et la voiture n'avait pas une égratignure.

Quelques jours plus tard, Pattie déjeunait dans un restaurant proche du journal, avec quelques camarades de travail, quand son voisin murmura : « Seigneur ! voici Keld ! » Elle se retourna pour apercevoir une silhouette massive qui s'avançait vers leur table, l'air menaçant. Il marcha droit sur elle, la toisa, demanda : « Pattie Rost ? » Elle acquiesça d'un signe de tête. Personne ne soufflait mot. « Je tenais à vous voir », reprit-il en souriant. La jeune fille était morte de peur. Il ajouta, presque gentiment : « Remerciez votre bonne étoile d'être une femme. Sinon, je vous aurais rossée, vous aussi. »

Elle était à l'origine de l'histoire, il le savait ; cependant, il ignorait qu'elle souhaitait n'avoir jamais rien dit. Elle n'était décidément pas faite pour ce genre de journalisme.

Jamais elle ne regretta d'avoir changé d'emploi. Rose, son nouveau chef, possédait toute l'astuce de Willie, avec plus de bonté...

Cette dernière leva les yeux pour déclarer :

— Quelle coïncidence ! Je pensais justement à lui...

— Au nouveau fiancé ?

— Non. A Duncan Keld. L'été prochain, l'adaptation d'un de ses romans passera en feuilleton à la télévision. Il ferait un bon « Homme du mois ».

— Tu voudrais que j'aille l'interviewer ?

— Pourquoi pas ? Il t'en a voulu, bien sûr, mais il a sans doute tout oublié, et c'est le genre d'homme dont nous avons besoin. Nos lectrices seraient ravies d'avoir rendez-vous avec lui.

— Pas moi...

— Pourquoi ?

Pattie secoua la tête.

— Il me déplaît. Je n'aime pas les brutes.

— Tu ne sais pas ce que tu manques, répliqua Rose avec un sourire entendu.

— Il refuserait peut-être de me parler.

Même s'il acceptait, l'entrevue serait difficile. Elle le voyait mal se montrer coopératif, comme l'avaient fait les autres.

— Considère cela comme une gageure, poursuivit Rose. Une nuance d'antagonisme serait intéressante, pour changer un peu.

— L'idée vient tout juste de te passer par la tête, hein ?

— Oui, avoua joyeusement Rose. Et je me demande bien pourquoi je n'y ai pas pensé plus tôt.

Pattie poussa un profond soupir.

— Je suis bien contente d'être en congé. Il me faudra au moins une semaine pour prendre des forces, si je dois affronter Duncan Keld dès mon retour.

Elle s'efforçait de plaisanter, mais cette perspective lui faisait horreur. Keld n'avait certainement pas oublié. Même si sa colère s'était apaisée, il ne manquerait pas de l'expédier au diable. Du coup, Rose s'obstinerait ; elle enverrait quelqu'un d'autre ou se chargerait elle-même de l'interview, et ce serait un mauvais point pour Pattie.

Duncan Keld n'était pas le genre d'homme qu'elle aimerait fréquenter, mais Rose, heureuse en ménage et fidèle à son mari, se pâmait d'admiration devant lui. Un article sur lui paraîtrait donc dans le magazine, le mois où débuterait, sur le petit écran, l'adaptation de son roman. Et, avec un peu de chance, l'article porterait la signature de Pattie.

Elle descendit aux archives pour sortir le dossier de l'écrivain. Elle tenait à en savoir le plus long possible sur les personnages qu'elle interrogeait.

L'enveloppe contenait de nombreux articles et beaucoup de photos. Assise à l'une des tables recouvertes de cuir vert, elle étala le tout devant elle. Sous tous les angles, il semblait la regarder de ses yeux noirs et perçants. Elle se surprit à détourner le regard de ces images, pour se concentrer sur les coupures de presse.

Il voyageait beaucoup, dans le monde entier, de préférence dans les endroits où il se passait quelque chose. Il possédait un appartement à Londres, et un pavillon de chasse dans les landes du Yorkshire. Une photo le montrait devant cette maison, les cheveux décoiffés par le vent, le sourire aux lèvres. Les collines étaient probablement vertes et mauves. Pattie connaissait cet endroit : on le lui avait montré, l'été précédent, au cours d'une randonnée en voiture.

L'une des archivistes, Glenda, qui passait près de la table, jeta un coup d'œil à la photo.

— Je ne le chasserais pas de mon lit ! s'exclama-t-elle en riant.

Pattie feignit d'être scandalisée, et puis, sourit à l'adolescente qui se donnait bien du mal pour paraître blasée. Cependant, la peur lui contractait l'estomac.

Elle dressa la liste des ouvrages de Keld, nota ses goûts, ses opinions, son adresse et son numéro de téléphone à Londres. Après quoi, elle remit le dossier en place. Tout le monde lui souhaita de bonnes vacances, et elle alla rejoindre sa Mini blanche, dans le parc de stationnement.

Sur le chemin du retour, elle acheta deux romans de Duncan Keld. Elle n'en avait jamais lu aucun, mais elle avait vu à la télévision quelques adaptations, et il savait sans aucun doute conter une histoire. Les personnages étaient vivants, l'action ne faiblissait pas. Si le temps se maintenait au froid, elle resterait devant la cheminée de l'hôtel, au lieu de parcourir la petite ville, et il lui faudrait de la lecture.

Lors de son départ, le matin, le courrier n'était pas encore arrivé. En ouvrant la porte, elle trouva une lettre de sa mère. Elle alluma le radiateur électrique, et s'assit pour ouvrir l'enveloppe. Tout allait bien. Sa mère parlait de ses sorties et de l'ensemble de soie acheté la veille. Elle embrassait Pattie, pour elle et pour son beau-père. « Et transmets toute mon affection à Michael », écrivait-elle. « Quand vas-tu te décider à l'épouser ? A mon avis, c'est l'homme qu'il te faut. Ne le laisse pas s'échapper. »

La mère de Pattie aurait aimé voir sa fille mariée. Elle et son mari viendraient par avion assister à la cérémonie, et tout le monde crierait d'admiration : « Pas possible, c'est ta sœur ! » Elle semblait très jeune, en effet, pourtant elle ne ressemblait pas à Pattie. C'était Michael qui ressemblait à la jeune fille. Un jour, bientôt, ils songeraient à se marier. Ils en avaient déjà parlé. Michael, sans s'engager vraiment, avait fait allusion à une bague de fiançailles, pour l'anniversaire de Pattie, au début de mai.

On était maintenant fin janvier. Si Michael lui offrait une bague, elle l'accepterait sans doute. Elle mit dans sa valise la lettre de sa mère, non pour la montrer à Michael, mais pour y répondre. Il ne lui fallut pas longtemps pour ranger tout ce dont elle aurait besoin. Elle coupa le gaz et l'électricité. Quelques instants plus tard, elle sortait de Londres et prenait la direction du Gloucestershire.

A cette époque de l'année, elle trouverait certainement

à se loger dans l'hôtel où était descendu Michael. Elle arriverait plusieurs heures après lui, mais à temps pour le dîner ; tout irait bien...

Elle trouva facilement l'hôtel, dans la grand-rue, en face de l'église. Sans trop savoir pourquoi, elle ne mentionna pas le nom de Michael. Elle avait eu l'intention de demander : « M. Ames est bien ici ? » Au lieu de cela, elle réserva une chambre et signa le registre, quelques lignes après la signature du jeune homme.

La chambre était bien chauffée, simple mais confortable. Pattie défit ses bagages et passa une robe de jersey bleu. Elle portait de très petits pendants d'oreilles en perle et, au bout d'une longue chaîne, un médaillon : dans un cercle d'ivoire, un filigrane d'or représentait les symboles chinois de la santé et du bonheur. C'était son bijou préféré : pour le garder, elle aurait donné tous les autres.

Elle allait descendre dans le salon un quart d'heure avant le dîner ; Michael serait content de la voir. S'il était en retard, elle essaierait d'avoir une table d'où elle pourrait surveiller la porte. Elle sourit en pensant à sa surprise. « Ce serait bien fait pour toi, avait plaisanté Rose, s'il avait amené une autre femme. » Mais Pattie n'avait aucune crainte de ce genre. Elle connaissait Michael, et ils se faisaient mutuellement confiance.

Elle se maquilla soigneusement, se parfuma. « Je vais retrouver l'homme que j'aime, songea-t-elle. Pourquoi mon cœur ne bat-il pas plus vite ? » Les sourcils froncés, elle se regarda dans la glace de la coiffeuse. Elle avait eu la même expression, le matin, la même impression de monotonie. Dans sa vie, pourtant, tout était satisfaisant : elle adorait son travail, elle aimait Michael. Cependant, si elle l'aimait, pourquoi n'éprouvait-elle pas plus de plaisir à l'idée de le surprendre, de dîner avec lui, d'être en sa compagnie ?

Peut-être était-ce le temps... Elle avait une sainte horreur de l'hiver. Elle allait choisir, sur le menu, quelque chose d'absolument délicieux. Michael et elle commanderaient un véritable festin...

Au salon, il n'était dans aucun des nombreux fauteuils recouverts de cretonne fleurie. Le plafond avait des poutres apparentes ; dans la cheminée, brûlait le grand feu de bois promis. Les occupants de la pièce étaient pour la plupart des hommes et des femmes d'âge mûr, et quelques regards de curiosité admirative suivirent la jeune fille élégante et solitaire.

Quand un homme au visage trop coloré, au tour de taille prodigieux essaya d'engager la conversation avec elle, elle prit le livre de Duncan Keld, et se mit à lire. Dès le premier paragraphe, elle fut accrochée. L'ouvrage était vraiment excellent. Elle releva la tête pour trouver près d'elle un serveur qui lui tendait un menu : le temps avait passé, le salon était presque désert.

Elle prit place dans la salle à manger. Michael ne s'y trouvait pas ; sans doute dînait-il ailleurs. Elle aurait dû lui téléphoner, avant de partir, lui dire qu'elle le suivrait. A vrai dire, même en bouclant sa valise, elle n'était pas encore bien décidée. Elle n'était pourtant pas d'un tempérament hésitant.

De sa table, elle voyait la porte. Elle achevait son repas quand Michael entra en compagnie de deux autres hommes. Il n'aperçut pas la jeune fille et s'assit, en lui tournant le dos ; ses compagnons et lui reprirent leur conversation. Ils se trouvaient à l'autre bout de la salle, elle n'entendait pas leurs paroles. Elle regardait la nuque de Michael, ses épaules, et pensait : « Il ne se doute pas de ma présence. »

Il n'avait aucune raison de s'en douter, à moins d'avoir consulté le registre, et elle était ridicule de se sentir déçue. S'il l'avait attendue quelque part, si elle était entrée sans s'attendre à le rencontrer, elle n'aurait pas davantage remarqué sa présence. Pire encore : il était là, et elle n'éprouvait pas le désir de le rejoindre. Elle lui avait dit adieu la veille, mais il ne lui manquait pas, il lui manquerait jamais. Si elle ne le voyait pas durant des années, elle n'en souffrirait pas. Peut-être était-elle incapable d'éprouver une véritable passion. Elle n'y avait pas encore songé. A vingt-deux ans, elle s'était crue heureuse, mais l'insatisfaction latente des derniers jours se concentrait à présent sur la tête innocente de Michael Ames.

« S'il m'ennuie maintenant, que serait-ce dans dix ans ? se demanda-t-elle. Que sera notre mariage ? » Elle abandonna la moitié de son dessert, sortit de la salle à manger, regagna sa chambre. Elle partirait dès le lendemain matin et il n'en saurait jamais rien. Quand il reviendrait, elle chercherait à espacer leurs relations.

Ce n'était pas la faute de Michael. Comment pouvait-elle s'ennuyer avec un homme qui lui ressemblait à ce point ? Sans doute était-elle ennuyeuse, elle aussi. Seule à sa table, dans la salle à manger, elle avait eu soudain l'impression d'avoir accepté un pis-aller pour tout le reste de sa vie ; et, à moins de prendre très vite des mesures radicales, elle n'aurait jamais davantage.

Elle se voyait mal accomplir un grand geste dramatique : ce n'était pas dans son caractère. Elle n'allait pas abandonner son emploi : elle l'aimait. Cependant, elle changerait de décor, peindrait de toutes les couleurs de la jungle ce fameux mur de son appartement.

Elle sentit ses doigts se crisper sur le médaillon d'or et d'ivoire, ce qui trahissait la confusion de ses pensées. Naguère, dans les moments de tension, elle s'était cramponnée à ce bijou comme à un talisman. Elle le portait alors jour et nuit.

Elle avait laissé sur le lit son sac à main et son livre. Elle baissa les yeux sur le roman de Duncan Keld, et murmura : « Vous ne m'avez vraiment pas aidée. » Elle était censée savoir écrire, elle aussi, mais il avait bien plus de talent qu'elle, et cette constatation était déprimante. Elle décida de faire tout son possible pour obtenir cette interview.

Il ne lui plaisait toujours pas, mais c'était sans importance, et Rose avait peut-être raison : « L'homme du mois » devenait un peu trop gentillet. Cette fois, Pattie allait faire une passionnante étude de caractère.

Elle agissait rarement sous le coup d'une impulsion. Elle s'assit pourtant sur le lit, décrocha le téléphone et demanda le numéro de Duncan Keld. Elle ne donnerait pas son identité, sauf s'il posait une question précise. Elle annoncerait le nom du magazine et demanderait s'il acceptait d'être interviewé pour un article qui coïnciderait avec le début du feuilleton télévisé. Il ne reconnaîtrait pas sa voix : elle ne lui avait pas adressé la parole. S'il se souvenait d'elle en la voyant... elle aviserait à ce moment-là.

Le téléphone sonna, et elle attendit, tenant toujours son médaillon, parce qu'elle avait besoin de chance. Malheureusement, la voix qui lui répondit n'était pas celle de Duncan Keld. L'homme était désolé, mais M. Keld était absent pour plusieurs semaines. Pattie, avec une grimace, déclara :

— Vous ne pourriez pas me donner un autre numéro ? C'est assez urgent.

— M. Keld est dans le Yorkshire, et il n'a pas le téléphone.

— Au pavillon de chasse ?

Après une légère hésitation, son interlocuteur reconnut :

— C'est exact.

Pattie le remercia et raccrocha.

Elle se trouvait déjà à mi-chemin du pavillon. Personne ne l'attendait à Londres, et elle n'avait pas envie de rester dans cet hôtel. Elle avait des amis dans la région ; à défaut, elle aurait toujours la possibilité de louer une chambre. Si Duncan Keld la découvrait un jour sur le pas de sa porte, il la laisserait sûrement entrer. Il l'avait vue une minute, un an plus tôt, et elle ne possédait pas le genre de visage qui restait dans la mémoire d'un homme. D'ailleurs, même s'il la reconnaissait, peu importait : Jennifer Stanley était à nouveau heureuse.

18

Ce serait certainement plus passionnant que de rentrer chez elle pour repeindre son appartement.

Evidemment, elle changerait peut-être d'avis le lendemain matin : elle descendrait prendre le petit déjeuner avec Michael, elle lui dirait qu'elle n'avait pas voulu le déranger, la veille, dans une conversation d'affaires.

La nuit lui porterait conseil. Elle allait dormir. Elle se coucha, mais, au réveil, elle était toujours sûre d'une chose au moins : elle ne déjeunerait pas avec Michael.

Elle mangea dans sa chambre, et en sortit vers dix heures : il devait être parti. Pourtant, elle prit des précautions ; elle se sentirait ridicule s'il la surprenait dans l'escalier ou à la réception, en train de régler sa note. Elle s'immobilisa : peut-être avait-il aperçu sa voiture dans le parc de stationnement ?

Cependant, il n'y avait pas le moindre signe de Michael, pas le moindre message dans son casier. Elle quitta la ville, très satisfaite d'elle-même.

Elle conduisait bien, et la voiture, révisée la semaine précédente, roulait à merveille. Dehors, il faisait très froid, et la teinte dominante était le gris fer. Le ciel couvert était couleur de plomb, les maisons, les gens semblaient noyés dans la grisaille. Néanmoins, dans la voiture, la chaleur régnait, et Pattie passait des cassettes : à la radio, il y avait trop de bulletins d'informations. Elle était en vacances, après tout !

Tout en fredonnant des chansons, elle arriva rapidement au village où elle avait séjourné l'été précédent. Elle avait une excellente mémoire visuelle des lieux et des itinéraires. Elle trouverait donc sans peine le pavillon de chasse, situé à huit ou neuf kilomètres à l'intérieur de la lande.

Cependant, l'été et l'hiver offraient des aspects très différents. Le petit bourg, qui avait brillé d'un doux éclat sous le soleil, paraissait maintenant replié sur lui-même, étranger. L'impulsivité toute nouvelle de la jeune fille reprit le dessus. Conduire n'était pas encore trop difficile, mais le ciel devenait menaçant. Une fois arrivée au petit hôtel où elle avait déjà séjourné, elle n'aurait plus envie de ressortir. Elle se rappelait où était le pavillon ; une autre demi-heure de route lui suffirait pour le repérer précisément. Le lendemain matin, elle y retournerait, frapperait à la porte, et tenterait de faire la paix avec Duncan Keld.

Tout avait changé, depuis l'été précédent. La route sinueuse présentait toujours les mêmes virages, mais les collines étaient plus sombres. Pattie prenait soigneusement ses repères ; elle passa devant une ferme, devant des moutons blottis les uns contre les autres. Des arbres noirs et nus bordaient la chaussée. La jeune fille s'engagea dans un chemin montant. Là, il n'y avait plus d'arbres, et le vent fouettait la carrosserie de la voiture.

Déjà, elle apercevait le pavillon de chasse, blotti contre le flanc de la colline, et elle poursuivit sa route. Elle pouvait profiter de sa chance, aller frapper dès maintenant. Elle se sentait presque euphorique, comme si elle venait d'accomplir une action d'éclat, et cet état faillit bien provoquer sa fin.

Les yeux levés vers le pavillon, elle ne regardait pas la route. Elle ne vit pas la plaque de verglas, et la voiture dérapa soudain de manière incontrôlable ; elle s'engagea en rebondissant brutalement sur ce qui semblait être la paroi d'un précipice, et n'était en fait que la pente d'une colline. Malgré sa ceinture de sécurité, Pattie était extrêmement secouée. Le véhicule bascula soudain, se mit à rouler sur lui-même ; le monde devint un kaléidoscope de cauchemar, et la jeune fille pensa qu'elle allait mourir. Elle hurlait, frappait en aveugle les parois de la boîte métallique qui l'entraînait vers l'enfer.

Elle se retrouva, tremblante, dans une voiture encore en équilibre instable mais enfin immobile. Elle crut sentir une odeur d'essence, revit des images de films, à la télévision. En sanglotant, en priant, elle s'attaqua à sa ceinture avec des doigts gourds. L'attache finit par céder. Elle essaya d'ouvrir une portière : coincée. Elle essaya l'autre, qui s'ouvrit. Elle grimpa sur le toit de la voiture, sauta et se mit à courir.

Elle ne regardait pas où elle marchait. Elle fuyait l'explosion de la voiture, grimpait plus haut, toujours plus haut. Elle ne se demandait même pas si elle s'était cassé quelque chose. Elle n'avait rien, mais même une entorse ne l'aurait pas empêchée de courir. Elle était folle de peur. Parvenue enfin au sommet de la colline, elle s'arrêta, tomba à genoux, avant de se laisser glisser à plat ventre, les doigts agrippés à l'herbe rare et durcie par le gel.

Jamais elle n'avait été si proche de la mort. Dans un état de choc profond, elle gémissait comme un jeune chien. Finalement, elle releva la tête, et jeta un coup d'œil autour d'elle.

Elle aperçut la voiture, en bas. Elle n'avait pas explosé, mais elle était tombée de haut et elle gisait sur le côté, cabossée, éraflée. Pattie commença à comprendre qu'elle avait eu bien de la chance. Elle aurait pu être morte, ou bien horriblement blessée, et rester là pendant des jours.

Elle se remit en marche, cependant, cette fois, elle remuait lentement bras et jambes, sans parvenir à se convaincre qu'elle était pratiquement indemne. Il n'y avait pas de sang, elle ne s'était apparemment rien cassé. Devant elle, un panache de fumée montait de la cheminée du pavillon de chasse. Elle courut en trébuchant dans cette direction. Elle sanglotait toujours, mais de soulagement, à présent.

A pied, la maison était très éloignée, et le vent était glacial. Quand elle parvint devant le bâtiment de pierre grise, la jeune fille était épuisée. Elle s'appuya à la porte. Elle était incapable de crier, mais elle réussit à abattre son poing sur le bois, lentement, le plus fort possible.

Elle ferma les yeux, attendit. Personne ne venait. Elle frappa de nouveau, attendit encore. Enfin, elle se força à articuler :

— Il y a quelqu'un ?

Le silence était total. Un reste d'énergie lui permit de

se servir de ses deux poings pour tambouriner contre la porte et de hurler de toute la force de ses poumons. Il y avait du feu dans la maison : il devait donc bien y avoir quelqu'un. On allait lui ouvrir... Mais personne ne répondait, et elle essaya de regarder par une fenêtre.

A l'intérieur, tout était sombre, mis à part le reflet dansant du feu. Sans cesser d'appeler, elle fit d'un pas chancelant le tour de la bâtisse, et faillit tomber sur un tas de bûches.

Il ne tarderait pas à revenir, puisque le feu brûlait. Cependant, si Pattie ne recevait pas très vite du secours, elle risquait d'attraper une pneumonie, pour le moins.

Il lui fallait à tout prix entrer dans la maison. Devant et derrière, les portes étaient bien closes. Elle devrait donc briser une vitre. A cet instant, elle sentit bouger sous ses doigts la petite fenêtre à laquelle elle frappait. Elle la poussa, et le battant s'ouvrit.

Elle s'était crue à bout de forces, mais elle s'était trompée. Il lui en restait assez pour se hisser au niveau de l'étroite ouverture et pour s'y faufiler. Elle sauta, se retrouva dans un évier. C'était déjà un abri, même si la porte de la pièce était fermée à clé. Elle se blottirait dans un coin jusqu'à l'arrivée du propriétaire des lieux. Cependant, la porte céda elle aussi sous sa main. Dans une cheminée, des bûches crépitaient doucement, et, avec une exclamation de joie, la jeune fille s'élança vers elles.

Un long moment, elle demeura immobile dans le bienfaisant cercle de chaleur. Le sang lui picotait douloureusement les veines, et elle dut se frictionner pour rétablir la circulation. Quand elle se releva, elle tremblait de tout son corps, et elle se retint à l'accoudoir d'un fauteuil pour regarder autour d'elle.

Elle se trouvait dans une pièce très vaste, qui occupait presque tout le rez-de-chaussée. Des tapis étaient disséminés sur les dalles de pierre ; il y avait plusieurs fauteuils, une table ancienne, mais Pattie n'était pas en état d'examiner le mobilier. Elle s'approcha d'une porte qui donnait sur un escalier, et cria :

— Il y a quelqu'un, là-haut ?

Néanmoins, il aurait fallu être sourd ou mort, pour ne pas l'avoir déjà entendue.

Elle aurait donné une fortune pour une tasse de thé fort et bien sucré. Elle avait atterri dans la cuisine, où il y avait un réchaud à essence, mais elle ne savait pas comment l'allumer, et elle n'osait pas poser la bouilloire en équilibre sur les bûches.

Elle vit alors des bouteilles, sur un buffet. L'une d'elles contenait du cognac, et c'était exactement ce dont elle avait besoin. Elle s'en versa, non sans difficulté, une bonne rasade, ajouta un peu d'eau de seltz et emporta le verre auprès du feu. Là, elle se blottit dans un vaste fauteuil, puis se couvrit d'un tapis.

Jamais elle n'avait rien bu d'aussi fort. L'alcool lui brûlait la gorge, lui faisait tourner la tête, mais elle l'avala rapidement. En quelques minutes, elle était endormie.

Elle aurait pu dormir jusqu'au lendemain matin. Elle était plongée dans un profond sommeil quand quelque chose l'éveilla. Elle ouvrit des yeux embrumés.

L'homme avait l'air de sortir d'un cauchemar. Sa silhouette massive se penchait sur la jeune fille. Pattie avait la tête douloureuse, elle souffrait de partout. Elle cherchait encore, péniblement, à reprendre conscience, quand elle l'entendit demander, d'une voix dure qui lui fit l'effet d'un coup de poignard :

— Comment diable vous êtes-vous introduite ici ?

Elle n'eut pas le temps de répondre. Il ajouta :

— Peu importe. Quittez immédiatement cette maison !

2

— Je ne peux aller nulle part, répondit Pattie d'une voix rauque. Ma voiture a été accidentée.

Il ne lui témoigna aucune sympathie. Il continuait à la regarder d'un air menaçant. Elle leva la tête vers lui, et une douleur fulgurante la fit grimacer.

— Vous ne seriez pas ivre, par hasard ? lança-t-il.

Le verre vide était posé près d'elle. Quand elle s'était servie, avec ses mains tremblantes, elle avait peut-être renversé du cognac sur elle, et l'odeur imprégnait ses vêtements. Elle murmura d'un ton contrit :

— Désolée. Je tiens à vous rembourser. Voyez-vous, j'étais en état de choc. Ma voiture a quitté la route, et je suis entrée ici par une fenêtre de derrière pour venir me réchauffer.

— S'il s'agissait d'une autre personne, je dirais : « Soyez la bienvenue. »

Il l'avait donc reconnue. Elle ne devait pourtant pas avoir son aspect habituel, et la lumière était faible. Mais peut-être possédait-il la mémoire des visages, comme elle avait celle des lieux. D'ailleurs, elle se rappelait, elle aussi, le visage de cet homme. Cependant, il avait l'air plus rébarbatif encore que la première fois.

— Je m'appelle Pattie Rost... commença-t-elle.

Il l'interrompit.

— Je sais qui vous êtes. J'aimerais seulement apprendre ce que vous faites ici.

Le pavillon de chasse était loin de la route. Pattie ne pouvait avoir eu d'autre destination, puisqu'elle avait emprunté le chemin. Elle n'avait pas la force de chercher un prétexte. Elle déclara carrément :

— Je veux vous interviewer.

— Quoi ?

Il éclata d'un rire moqueur.

— J'aimerais mieux être interrogé par la police !

Elle était à bout de forces. Elle se renversa dans le fauteuil, et répliqua avec lassitude :

— Dans ce cas, je vais devoir vous prier de me conduire à Grimslake.

Elle crut un instant qu'il allait la frapper. De toute évidence, il était absolument furieux. Il faisait nuit, le trajet serait pénible, et que deviendrait-elle, s'il la laissait à l'hôtel ? Elle n'avait ni bagages, ni argent. Tout était resté dans la voiture. Elle était dans l'incapacité de récupérer ses affaires avant le lendemain matin.

— Me permettez-vous de passer la nuit ici ? reprit-elle d'un ton hésitant.

Sous ses sourcils froncés, il lui jeta un regard mauvais

— Il n'y a évidemment pas d'autre solution...

— Merci.

— Pas la peine, gronda-t-il. Je n'ai pas le choix.

Il donnait l'impression d'avoir envie de briser quelque chose, elle de préférence. Elle murmura timidement :

— Je resterai ici, n'est-ce pas ?

Le fauteuil manquait de confort, mais elle pourrait y dormir.

— Il y a un lit, là-haut. Un seul, le mien. Vous ne me proposez pas de le partager, je présume ?

Il la considérait avec un mépris qui la fit rougir. C'était un mufle... mais elle n'eut pas le loisir de le lui dire déjà, la lampe à la main, il disparaissait par la porte qui donnait sur l'escalier. Pattie l'entendit gravir bruyamment les marches. Une porte claqua. Elle se retrouvait seule à la lueur du feu.

Celui-ci baissait. La grosse bûche était tombée en cendres.

La jeune fille abandonna le fauteuil. Elle se sentait ankylosée, légèrement écœurée. Peut-être avait-elle eu tort de boire ce cognac. Quand elle alla chercher une bûche, elle fut prise de nausée. Elle s'accroupit, le temps de la laisser s'apaiser, et posa ensuite lentement, précautionneusement, la bûche sur les braises. Elle contempla avec dégoût ses mains sales. La cuisine devait être plongée dans l'obscurité ; il lui faudrait donc attendre le jour. Cependant, comme elle aurait apprécié un bon bain chaud !

Elle était mal à l'aise, dans ses vêtements, malgré la douceur de la soie sur sa peau et la laine moelleuse de son pull-over en cachemire. Lors de l'accident, elle ne portait pas de manteau, rien qu'une veste, et elle avait encore ses bottes. Elle avait de la chance : elle aurait pu perdre de simples chaussures et se retrouver pieds nus sur la colline. Mais le tapis qui lui servait de couverture lui faisait l'effet d'un réseau de fils barbelés.

Elle aurait mieux fait de rester avec Michael. Pour se réconforter, elle serra dans ses doigts son médaillon. Dès l'aube, se promit-elle, elle se lèverait pour se laver. Pour l'instant, elle pouvait seulement essayer de se rendormir.

Jamais, depuis son enfance, elle ne s'était endormie devant un feu de bois : chez elle, il n'y avait pas de cheminée. Aussi, en regardant danser les petites flammes, elle se trouvait transportée à l'époque lointaine où, heureuse, sans inquiétude, elle sommeillait sur le sofa.

Elle chercha une position plus confortable, et soupira. Tout espoir d'obtenir une interview de Duncan Keld était perdu. De toute manière, il n'aurait jamais accepté : il lui en voulait encore trop. Et, manifestement, il désirait être seul ; pas de téléphone ni d'invités. Sans doute était-il là pour travailler. S'il y avait un seul lit, il ne devait guère recevoir, sinon des femmes susceptibles de partager cette couche. Pour sa part, elle aurait préféré coucher avec Barbe-Bleue ! Vivement le lendemain : elle pourrait enfin s'en aller...

Elle ravala un profond soupir. Pas d'apitoiement sur son triste sort : il lui suffisait de penser à sa voiture, au bas de la colline. Cela aurait pu être cent fois pire.

Lorsqu'elle s'éveilla, le tapis lui irritait le visage et le cou ; ses cheveux étaient complètement emmêlés. C'était répugnant ; elle devait à tout prix se laver. Elle se mit sur ses pieds et fit la grimace : elle était probablement pleine de bleus.

Les vitres givrées étaient couvertes de dessins étranges. Pattie claquait des dents. Elle plaça deux bûches dans le feu et passa dans la cuisine. Celle-ci servait en même temps de cabinet de toilette. On se lavait à l'évier, semblait-il, et la jeune fille trouva révoltante cette installation primitive.

La bouilloire contenait un peu d'eau. Elle la versa dans la cuvette en matière plastique, et se savonna le visage et les mains. Impossible de se déshabiller : il faisait un froid polaire, dans la pièce, et *il* pouvait entrer d'un instant à l'autre. Elle dut se frotter énergiquement avec la serviette rêche pour se débarrasser de son maquillage, mais elle devait avoir étalé son mascara, et, naturellement, il n'y avait pas de glace...

Elle tentait, avec ses doigts, de remettre un peu d'ordre dans sa coiffure quand elle l'entendit approcher. Elle se raidit, très digne, les lèvres pincées. Tout, dans l'apparence de cet homme, lui déplaisait : il était habillé à la diable ; ses cheveux noirs et drus étaient trop longs, mal coiffés ; ses joues n'étaient pas rasées. A sa vue, Pattie eut un frisson. Il l'imita, grommelant :

— Ça alors ! J'espérais avoir fait un cauchemar !

Il portait seulement un pantalon ; son torse et ses bras nus donnèrent à Pattie la chair de poule. Il actionna la pompe, emplit d'eau une grande cruche en plastique, et debout devant l'évier, s'en versa le contenu sur la tête. Après quoi, il entreprit de se frictionner vigoureusement avec la serviette. En même temps, il regardait la jeune fille. Pour l'instant, les mots semblaient lui manquer, mais il aurait certainement beaucoup à dire un peu plus tard.

— Je regrette, déclara-t-elle brusquement. L'interview était une idée de mon chef de service. Je lui avais bien dit que vous refuseriez.

Elle essayait de se défendre.

— Toutefois, j'ai probablement rendu service à Jennifer Stanley. Si son fiancé était assez minable pour l'abandonner à cause d'un événement survenu avant leur rencontre, elle en est bien débarrassée...

— Là, vous n'avez peut-être pas tort.

Il la dévisagea longuement.

— Néanmoins, par votre faute, cette rupture a reçu une invraisemblable publicité. Avez-vous déjà été abandonnée, Miss Rost ?

Elle ne s'était jamais placée dans une situation susceptible d'avoir ce genre de dénouement.

— Pas comme cela, reconnut-elle.

— Alors, estimez-vous heureuse, répliqua-t-il férocement.

A la pensée de sa voiture, elle ne pouvait s'estimer heureuse.

— Ma voiture... hasarda-t-elle.

— Où est-elle ?

— Elle est sortie du chemin. Elle se trouve au bas d'une pente, complètement hors de service. Vous allez être obligé de m'emmener jusqu'au village.

Elle revit sur ses traits l'expression de la veille au soir : un mélange d'agacement et de fureur. Il hurla :

— Bon sang, je suis incapable de vous conduire où que ce soit ! Je n'ai pas de voiture.

— Comment... ? fit Pattie, le souffle coupé.

— Je viens ici pour travailler, expliqua-t-il très lentement, comme s'il s'adressait à une simple d'esprit. Si j'avais une voiture, je serais tenté de m'en servir quand je m'ennuie. Des amis m'amènent jusqu'ici et j'y reste pendant un mois.

Il était totalement isolé. Et elle aussi...

— Et si vous étiez malade ? balbutia-t-elle.

— Je ne le suis jamais.

— Il y a toujours une première fois.

— Vous utilisez ce genre de clichés, quand vous écrivez ?

Il lui tourna le dos. Elle lui rétorqua furieusement :

— Un bon cliché se justifie parfois !

Mais, déjà, il claquait la porte, au bas de l'escalier.

Il n'avait pas de voiture ; celle de Pattie était inutilisable. Comment pourrait-elle partir ? L'énormité de la situation la dépassait, lui engourdissait l'esprit. Elle devait absolument trouver une solution.

Duncan Keld fut de retour presque aussitôt, cependant elle avait eu le temps de maîtriser son affolement.

Elle serrait les poings, à se faire entrer les ongles dans les paumes. « Il va remuer ciel et terre pour se débarrasser de moi », songea-t-elle. Elle n'avait jamais rencontré un homme plus antipathique, pourtant il émanait de lui une impression de puissance, et elle le voyait mal se soumettre docilement à une situation désagréable. Il avait trop envie de se retrouver seul.

Il avait passé un gros pull-over noir, et un anorak.

— Allons examiner cette voiture, ordonna-t-il.

— Auriez-vous un manteau à me prêter ? demanda-t-elle.

D'un geste du menton, il indiqua la porte, où une veste en peau de mouton était suspendue à un crochet. La jeune fille y disparaissait presque tout entière. En d'autres circonstances, cela aurait été drôle. Elle serait là-dedans aussi maladroite qu'un chevalier dans son armure, mais elle aurait chaud, et les manches trop longues empêcheraient ses doigts de geler.

— Vous êtes trop bon, railla-t-elle.

Il ouvrit la porte, et elle poussa un cri étranglé. Il n'avait probablement pas cessé de neiger pendant toute la nuit. La neige montait à mi-hauteur de la porte, et tout était d'un blanc immaculé, sauf le ciel toujours plombé.

La chute s'était interrompue, mais elle ne tarderait pas à reprendre.

Le chemin avait disparu. Pattie reconnaissait seulement les contours des collines. Elle se tourna vers Duncan Keld, assez affolée pour faire en courant les huit ou neuf kilomètres qui la séparaient de la ville. Si elle pouvait rejoindre la route, elle ferait du stop... mais aucun véhicule ne passerait sans doute avant des heures, avant des jours, peut-être.

— Alors ? s'enquit-il. Où allons-nous ?

Elle pointa un doigt tremblant.

— Par là. Tout en bas.

Il partit à longues enjambées sur la neige gelée, après avoir traversé la congère accumulée contre la porte. Pattie le suivit. L'air glacé rendait chaque inspiration douloureuse, lui brûlait les yeux. On ne distinguait rien du chemin, mais Duncan Keld devait le connaître par cœur : il ne marquait aucune hésitation. Quand ils eurent plus ou moins couvert la distance qu'elle avait parcourue la veille, elle chercha des yeux sa voiture. Elle aurait fort bien pu ne pas la remarquer : le véhicule était, en effet, dans une ravine presque comblée par la neige. Cependant, elle l'aperçut et cria :

— La voilà !

Durant un long moment, il examina la voiture. N'importe quel autre homme se serait sûrement récrié sur la chance de la jeune fille, mais il se contenta de gronder :

— Il va falloir la redresser.

Puis il regarda Pattie d'un œil féroce, comme si elle l'avait fait exprès.

De gros flocons s'étaient remis à tomber, d'un blanc étincelant, sur les cheveux noirs de Duncan Keld.

La jeune fille n'avait jamais vu d'endroit plus affreux. Elle avait dû être folle pour s'aventurer jusque-là.

— J'ai besoin de mes affaires, balbutia-t-elle. Il me faut des vêtements de rechange.

Son sac, avec son argent et ses cartes de crédit, était dans le véhicule, mais, pour l'instant, son unique préoccupation était de ne pouvoir se laver, ni changer de vêtements. Il la dévisagea comme si elle avait perdu la tête, et tourna les talons. Elle faillit le rappeler, cependant il ne s'arrêterait pas, elle le savait. Elle entreprit donc de descendre.

Ce n'était pas un à-pic. Des touffes d'herbe, des buissons rabougris couverts de neige, lui fournissaient une prise, et elle allait lentement. Elle essaierait de sortir au moins son sac de voyage : elle aurait ainsi de quoi se brosser les dents, se nettoyer, changer de linge. Elle avait laissé sur la banquette arrière son chaud manteau en poil de chameau, et ce serait une bénédiction de le retrouver. Dans la valise, elle avait des robes, des lainages et une autre jupe.

Tout en descendant précautionneusement, elle évaluait mentalement ce qu'elle serait capable de porter. Soudain, son pied glissa et elle tomba, roula, sans même pouvoir se protéger avec la veste en mouton, jusqu'au moment où un buisson interrompit sa chute. Elle se redressa, la bouche et les yeux pleins de neige. Alors, elle comprit : pas le moindre espoir de gravir cette pente avec ses bagages.

Si seulement il l'avait aidée : il était bien plus grand, et plus fort qu'elle. Il aurait pu franchir les congères, au fond de la ravine, ouvrir une portière, prendre ses affaires. Seule, c'était impossible. Elle était obligée de reprendre rapidement le chemin de la maison : si la chute de neige se changeait en tempête, elle était perdue.

Remonter fut plus pénible encore. Elle glissa à plusieurs reprises. Elle ne comprenait pas comment un homme osait agir ainsi. Il était sans pitié, cruel. Oui, si Rose lui donnait carte blanche, elle aurait une belle histoire à écrire à son propos.

Quand elle parvint au sommet de la colline, elle était trempée de sueur, en dépit du froid. Le chemin lui avait paru long ; pourtant, Duncan Keld n'avait pas sur elle une avance considérable. Elle regarda d'un air scandalisé la silhouette massive, et reprit sa marche en trébuchant.

Bien avant d'avoir atteint le pavillon de chasse, elle avait le visage engourdi par la bise, et les yeux larmoyants.

Il était bien capable de lui fermer la porte au nez, ce monstre. Cependant, si le loquet de fer forgé lui brûla les doigts, le battant s'ouvrit sans difficulté. Keld se tenait devant la cheminée, le dos tourné à la porte.

Il ne fit pas un mouvement. Pattie laissa glisser sur le sol sa lourde veste, et s'approcha du feu.

— Désolée, lança-t-elle. Vous auriez certainement préféré me voir mourir là-bas, mais vous ne pourrez pas vous débarrasser de moi, semble-t-il...

— Dans combien de temps se mettra-t-on à votre recherche ?

Elle haussa les épaules, et il demanda vivement :

— On va bien s'apercevoir de votre disparition, non ?

— Je ne le pense pas.

Elle s'écarta quelque peu des flammes, et ajouta :

— Personne ne sait où je suis.

— Quoi ?

— Théoriquement, je suis en vacances.

Elle prenait un plaisir pervers à lui dire la vérité.

— On m'avait chargée d'essayer d'obtenir cette interview, j'ai donc décidé de venir jusqu'ici.

— Comme cela, sans plus réfléchir ? Vous êtes ridiculement impulsive ! répliqua-t-il avec une impatience rageuse.

Personne ne l'avait jamais jugée impulsive. Mais ridicule, oui, elle l'était, et bien d'autres choses encore...

— J'ignorais qu'il neigerait...

— Dans la région, tout le monde s'y attendait. Vous n'écoutez jamais les prévisions météorologiques ?

— Non.

Elle regrettait maintenant de ne pas avoir allumé la radio, et surtout de ne pas être ailleurs, n'importe où.

— Si je dois être bloqué par la neige, je préférerais être avec quelqu'un d'autre, grommela Duncan Keld.

— Moi aussi, rétorqua-t-elle, avec la même franchise.

— Je suis ici pour travailler, et vous ne m'en empêche-rez pas.

A l'entendre, elle allait se mettre en quatre pour attirer son attention. Elle déclara avec mépris :

— Je n'ai pas l'intention de vous en empêcher. Je ne désire rien de vous.

— Ne prenez pas vos grands airs, Miss Rost. Vous voulez mon feu et mon toit, mais j'ai bien envie de vous emmener le plus loin possible d'ici, et de vous y laisser.

Il en avait l'air parfaitement capable. Pattie le sentit au bord de la violence, et ne répliqua pas.

— Contentez-vous de ne pas bouger, de vous taire et de ne pas vous trouver dans mes jambes, conseilla-t-il.

Elle était agenouillée devant le feu, et il penchait sur elle un visage si menaçant, qu'elle hocha la tête sans répondre.

— Je travaille là, poursuivit-il, en désignant une grande table, à quelque distance. Vous, restez ici.

Près du feu. C'était déjà quelque chose : au moins ne mourrait-elle pas de froid. Cependant, elle ne pouvait se tenir là, immobile et muette, toute la journée.

— Me permettez-vous de préparer le repas ? demanda-t-elle timidement.

— Non, ne touchez à rien.

Sur un ultime coup d'œil exaspéré, il passa dans la cuisine.

Pattie avait peur de faire un mouvement. Si elle avait le malheur de l'encombrer, il serait capable de la tuer d'une bourrade. C'était un violent : elle se rappelait l'œil au beurre noir du pauvre Willie. Quel démon avait bien pu la pousser à venir se laisser enfermer avec un tigre ? songea-t-elle une fois de plus. C'était une véritable jungle à lui tout seul. Elle se surprit à serrer son talisman de toutes ses forces entre ses doigts.

Non, personne ne s'apercevrait de sa disparition. Michael l'appellerait peut-être à son appartement mais, en n'obtenant pas de réponse, il la croirait simplement absente. Si elle sortait à jamais de sa vie, elle ne lui manquerait pas longtemps. Elle ne manquerait à personne. Du bout de l'index, elle suivit le contour du symbole du bonheur sur son médaillon et se demanda si elle avait jamais été heureuse. « Tu me manques, papa, murmura-t-elle. Durant toutes ces années, tu n'as jamais cessé de me manquer... »

Duncan Keld sortit de la cuisine. Il apportait sur un plateau une tasse, un thermos et une assiette de sandwichs. Sans un mot pour la jeune fille, il s'installa à la grande table. Elle le regarda tirer des documents d'un tiroir et prendre sur un fauteuil un dossier, et une machine à écrire.

Elle l'enviait : il avait tout le nécessaire pour travailler. Elle aurait aimé disposer de quelques feuilles de papier et d'un stylo. Elle aurait écrit des lettres, à défaut d'autre chose. Dès qu'elle le vit absorbé, elle se leva sans bruit et, sur la pointe des pieds, se dirigea vers la cuisine.

Il y avait trois placards, et elle ouvrit d'abord le plus haut, le plus étroit. Elle eut l'impression d'avoir ouvert un sarcophage, en se trouvant devant la longue baignoire de fer-blanc. Il faudrait faire chauffer de l'eau pour l'emplir, et la vider ensuite, mais, si elle pouvait être assurée d'un moment de solitude, elle tenterait l'expérience. Duncan Keld n'oserait guère prendre un bain pendant qu'elle était là, à moins de l'envoyer à l'étage. Elle l'imagina debout dans l'eau fumante, nu, bronzé, terriblement viril. Avec un frisson de dégoût, elle repoussa la porte pour chasser cette image.

Un autre placard, plus petit, contenait des médicaments de première urgence, des lotions, un tube d'aspirine. Si elle ne pouvait pas dormir, la nuit prochaine, elle prendrait deux comprimés.

Le troisième placard était bien garni de provisions : des conserves, du bacon, plusieurs miches de pain de seigle. Même s'il restait là tout un mois, il ne mourrait pas de faim. Il aurait pu la laisser préparer les repas. Elle n'avait pourtant pas faim ; au contraire, la seule vue de la nourriture, même en boîte, l'écœurait. Elle saisit un biscuit et se mit à le grignoter sans appétit.

En revanche, une tasse de thé ou de café serait la bienvenue. Il restait de l'eau tiède dans la bouilloire. Si Duncan Keld s'était servi du réchaud, il ne devait pas y avoir de danger. Elle alluma un brûleur, fit chauffer l'eau, trouva un sachet de thé, prépara le breuvage, y ajouta du sucre et du lait en poudre.

Il n'y avait pas grand-chose à voir, par la petite fenêtre qui lui avait livré passage la veille : la neige y tissait un rideau de dentelle blanche. Ce feu lui avait sauvé la vie, songea-t-elle. Keld avait dû être là plus tôt, pour l'allumer. Quelqu'un l'avait sans doute emmené, puis ramené. Si elle était restée éveillée, elle aurait pu quitter la maison. A présent, elle était bloquée là, sauf si quelqu'un découvrait sa voiture et se lançait à sa recherche. On viendrait d'abord là : c'était la seule habitation à des kilomètres à la ronde.

— Je vous en prie, venez, murmura-t-elle.

Elle se revit devant une autre fenêtre, balbutiant une prière semblable ! « Reviens ! Tu m'as dit de t'attendre et d'être sage. Oh, je t'en prie, reviens ! »

Elle fut prise d'un léger vertige. Elle devait pourtant garder toute sa tête, en présence de cet homme brutal. Si elle cédait à sa faiblesse, elle n'obtiendrait aucune pitié de lui.

Il faisait très froid dans la cuisine. Elle retourna auprès du feu, avec ce qui restait de thé, et vida la tasse jusqu'à la dernière goutte. Elle ramassa ensuite la veste en peau de mouton. La neige avait fondu sur le cuir, laissant une petite mare sur les dalles. Elle aurait dû la secouer, elle pourrait en avoir de nouveau besoin. Elle la plaça sur le dossier d'un fauteuil et remit une bûche dans le feu.

Duncan Keld lui avait ordonné de ne toucher à rien. Ses provisions, elle s'en moquait, mais le feu, c'était autre chose : s'il l'empêchait de l'entretenir, elle deviendrait folle.

Elle s'assit sur le tapis en poil de chèvre, le dos appuyé

au fauteuil, et regarda les étincelles monter dans la cheminée. Au bout d'un moment, elle commença de dodeliner de la tête. Elle plaça un coussin contre l'accoudoir, ferma les yeux, et sommeilla. Elle était si fatiguée... La chaleur du feu, le cliquetis de la machine à écrire l'endormaient...

Quand elle rouvrit les yeux, elle entendit une voix lente, grave, sensuelle. Elle sut aussitôt où elle était. Découragée, elle referma les paupières. Il ne s'adressait pas à elle, mais à un magnétophone. Elle écouta. Quand il ne grondait pas, ne grommelait pas, il avait une voix séduisante, décida-t-elle. Une femme aurait pu se demander quel timbre avait cette voix, quand elle prononçait des mots doux...

A cette idée, Pattie se raidit, se redressa. Il n'y avait même pas un livre à portée de main, dans la pièce. Peut-être se trouvaient-ils dans des armoires ou des tiroirs, mais que penserait Duncan Keld, si elle se mettait à fouiner partout ?

Il avait arrêté le magnétophone pour taper à la machine. Elle s'éclaircit la voix.

— Excusez-moi...

Pas de réponse. Il ne paraissait pas l'avoir entendue.

— Ignorez-vous vraiment mon existence, ou faites-vous semblant ? demanda-t-elle.

Il ne répondit pas davantage, et elle se sentit saisie d'une vive irritation. C'était un ours, une brute !

— Quel pouvoir de concentration ! s'écria-t-elle avec un enthousiasme simulé. Je trouve cela merveilleux et je vous envie ! Depuis que je suis ici, j'essaie vainement de m'imaginer ailleurs. J'ai en tête la délicieuse image d'un endroit où je pourrais me brosser les dents. Malheureusement, je ne parviens pas à oublier ce qui m'entoure.

Il se retourna enfin dans son fauteuil, la gratifia d'un coup d'œil hostile, et déclara :

— Encore un mot, et je vous fiche dehors.

— Mais il entend ! se moqua-t-elle.

Il feignit de se lever, et elle ajouta vivement :

— Je me tais...

Il ne mettrait pas sa menace à exécution, elle en était sûre, pourtant elle fut soulagée de le voir se rasseoir.

Elle avait tout le corps douloureux, surtout là où la ceinture de sécurité l'avait meurtrie. Elle se rappela la présence, dans le placard de la cuisine, d'une lotion destinée à traiter les entorses. Serait-elle efficace ?

Elle devrait se débrouiller toute seule. Elle aurait aimé rester près du feu, pour se soigner, mais c'était impossible : elle aurait préféré se déshabiller au beau milieu d'une rue, plutôt que devant Duncan Keld.

Elle faillit changer d'avis, quand elle entra dans la cuisine glaciale, et ôta son pull-over. Elle dégrafa les bretelles de sa combinaison, la baissa jusqu'à sa taille, et s'examina. Elle fut surprise de ne pas découvrir davantage de bleus ; peut-être le bronzage obtenu au solarium masquait-il les dommages.

L'odeur pénétrante de la lotion lui fit froncer le nez. Si elle en laissait tomber sur ses vêtements, elle n'aurait aucune chance de les laver, et elle ne supportait rien de souillé sur son corps. Elle se sentait déjà horriblement sale.

Elle défit son soutien-gorge, le posa sur la table et entreprit, avec précaution, d'appliquer la lotion sur ses côtes douloureuses.

La porte s'ouvrit. Pattie hurla : « Allez-vous-en ! » et lâcha le flacon pour se couvrir les seins de ses deux mains. Cependant, Duncan Keld sembla totalement insensible au spectacle.

— Si vous attrapez une pneumonie, déclara-t-il, ne comptez pas sur moi pour vous soigner.

Il prit dans le placard un paquet de biscuits, et sortit sans lui accorder un autre regard.

Déjà, elle avait remonté sa combinaison et, une fois la porte refermée, elle continua de se rhabiller comme si l'écrivain était là, à la détailler sous tous les angles.

La forte odeur de la lotion imprégnait l'atmosphère, car le flacon s'était brisé sur le dallage. Elle n'aurait jamais dû s'affoler ainsi : il avait certainement vu des femmes nues, dans sa vie, et elle se savait bien faite. L'indifférence de cet homme était presque une insulte.

Une fois habillée, elle se mit en devoir de réparer les dégâts. A l'aide d'une pelle et d'une balayette, elle ramassa les débris de verre, les jeta dans la poubelle en matière plastique. Elle recueillit assez de neige pour nettoyer le sol, et pour se laver les mains. Ses doigts étaient maintenant bleus par le froid, complètement engourdis ; quand elle fut de retour près du feu, ils la firent souffrir presque intolérablement, durant un long moment. Quel beau résultat pour sa santé, se dit-elle, les yeux fixés sur les flammes.

Elle n'eut pas conscience de l'ombre qui envahissait la pièce. Elle s'en aperçut seulement quand Duncan Keld se leva pour allumer la lampe, qu'il garda sur sa table de travail. Néanmoins, la lueur diffuse aurait pu être agréable, en d'autres circonstances, en tout autre compagnie...

Il ne s'était pas rasé. Sans doute n'en prenait-il pas la peine quand il était là, tout seul, et il ne ferait sûrement pas un effort pour elle. Dans un jour ou deux, ils ressembleraient à un couple de vagabonds. « Si cela dure encore plus de deux jours, songea-t-elle, je vais devenir enragée. »

Il leva la tête, saisit le regard de Pattie posé sur lui, et prit un air menaçant.

— Vous n'êtes pas en train, j'espère, d'écrire ce fameux article dans votre tête ! lança-t-il.

Elle en eut le souffle coupé : il semblait avoir lu dans sa pensée. Elle rougit violemment et souhaita que la lumière soit assez faible pour dissimuler sa confusion. Il se leva, s'avança vers elle. Tant bien que mal, elle se remit debout ; elle n'avait pas l'intention de rester accroupie aux pieds de cet homme.

— Quel genre de questions me poseriez-vous ? demanda-t-il.

Il n'avait pas l'intention de coopérer, elle en était

certaine. Ils étaient face à face, et, si près de lui, elle avait de la peine à respirer.

— Que connaissez-vous de moi ? poursuivit-il.

Pattie ne trouvait plus ses mots. Elle savait que tout, en lui, paraissait une menace. Elle savait tout ce qu'elle avait lu dans son dossier, aux archives du magazine. D'une voix incertaine, elle répondit :

— Ce que d'autres ont écrit…

Il secoua la tête avec une expression de reproche.

— Insuffisant ! lâcha-t-il.

L'ombre de sa barbe était très accentuée. Michael possédait une peau si lisse ; jamais elle ne l'avait vu autrement que bien rasé. La virilité animale de l'écrivain lui faisait horreur.

— Vous manquez d'expérience personnelle, dit-il encore.

Du coup, elle cessa tout bonnement de respirer : il la détaillait des pieds à la tête.

— Vous n'êtes pas une beauté, Pattie Rost, déclara-t-il enfin, mais vous êtes une femme, et vous êtes là. Vos lectrices ne seraient-elles pas enchantées d'apprendre que je vous ai fait des avances ?

— Ne soyez pas ridicule ! répliqua-t-elle d'une voix étouffée.

Il souriait, néanmoins elle n'en fut pas rassurée pour autant.

— Oh, je ne le suis pas ; pas en amour, en tout cas. A quoi d'autre pourrions-nous passer le temps ?

Il lui posa légèrement les mains sur les épaules.

— Lâchez-moi ! souffla-t-elle.

— Je ne demanderais pas mieux. L'ennui, c'est que vous ne voulez pas partir.

Partir, elle en était incapable… Elle connut un instant de peur, puis, soudain, il se mit à rire.

— Non, vous n'en vaudriez pas la peine, railla-t-il.

Il la tourmentait, la terrifiait volontairement. Tremblante, elle lança :

— Je vous déteste !

— Je ne suis pas vraiment fou de vous non plus, rétorqua-t-il. Et je vais vous dire une chose : cela ne s'arrange pas avec le temps...

Peu après, il prépara en silence un repas de jambon, de fromage et de pain. Il ne lui proposa pas de manger ; de toute manière, elle n'aurait rien pu avaler. Assise devant le feu, elle attendait d'être seule. Quand il monta, il emporta la lampe. Il y en avait bien une autre, accrochée au plafond, mais elle ne savait pas l'allumer. Elle resta donc dans la pénombre, à la seule lueur du feu.

Dehors, il recommençait à neiger. Elle alla ouvrir la porte de derrière, et son regard se perdit dans une blancheur tourbillonnante. Elle sanglotait tout bas. Elle ne s'était pas sentie aussi vulnérable, aussi impuissante depuis des années. Jamais elle ne s'était trouvée en face d'un homme qui lui témoignait un tel mépris, une telle hostilité. Si la situation se prolongeait, il y aurait une explosion : toutes les fois qu'il la regardait, la violence affleurait dans ses yeux.

Elle remit du bois sur le feu, assez pour illuminer la pièce. Du moins avait-elle chaud pour se coucher. Sans doute aurait-elle des cauchemars, mais n'en vivait-elle pas déjà un ?

3

Pattie connut une nuit agitée. Son corps douloureux lui aurait rendu le sommeil difficile dans le lit le plus moelleux ; dans ce vieux fauteuil, ce fut un miracle si elle parvint à dormir un peu. Il y avait bien un grand canapé, à l'autre bout de la pièce, mais c'était un meuble de l'époque victorienne ; il était dur comme du bois et pesait une tonne. Jamais elle ne réussirait à le tirer jusqu'à la cheminée, et, si elle essayait, Duncan Keld l'entendrait et descendrait aussitôt.

Elle ne lui plaisait pas ; elle n'était pas son type. Dans l'état où elle était, elle n'avait rien pour plaire à personne, mais, il l'avait bien dit, elle était une femme, et elle était là. Et s'il s'enivrait ? Il y avait plusieurs bouteilles sur le buffet de la cuisine ; il y en avait peut-être d'autres là-haut.

Pattie fit donc de terribles cauchemars, après lesquels elle s'éveillait l'oreille tendue, les yeux grands ouverts dans l'obscurité.

Aux premières lueurs du jour, elle passa dans la cuisine, alla chercher de la neige et la fit fondre dans la bouilloire ; tout cela, sans cesser de guetter le moindre bruit. Il devait être entre six et sept heures du matin. Sa montre était restée dans son coffret à bijoux, dans la voiture. La veille, par bonheur, elle avait passé autour de son cou la chaîne avec son médaillon. Ce bijou-là, elle n'aurait pas pu l'abandonner : elle aurait plutôt creusé la neige pour le retrouver.

Après s'être lavée, elle se prépara une tartine beurrée et se força à la manger, avant d'emporter une tasse de thé dans la salle de séjour.

Duncan Keld n'était pas encore descendu, et elle chercha de quoi lire. Elle aurait aimé trouver le courage de prendre quelques feuilles de papier et un stylo. Les feuillets restés sur la table étaient tous dactylographiés, mais il devait bien y en avoir d'autres dans les tiroirs. Une ou deux feuilles de papier, ce n'était rien... Si, assez pour déclencher une scène violente. Il cherchait le moindre prétexte pour l'injurier ; si elle fouillait dans ses tiroirs, elle serait fautive.

Elle découvrit quelques numéros d'une revue géographique, et les porta près de la cheminée. A ce moment, elle perçut les pas de Keld dans l'escalier, et attendit les bras croisés, les poings crispés. Il entra dans la pièce comme si elle était déserte. « Je dois l'imiter, décida Pattie : l'ignorer totalement, agir comme s'il n'était pas là. »

Mais c'était impossible. Certes, elle évitait de le regarder, mais elle ne pouvait pas se boucher les oreilles. Tout en feuilletant un magazine, elle l'entendait s'activer dans la cuisine, elle sentait l'odeur du bacon en train de frire, et son estomac se révoltait. Par chance, il prit son petit déjeuner dans l'autre pièce. Quand il revint dans la salle de séjour, elle ne put s'empêcher de se retourner.

Naturellement, il ne s'était pas rasé ; il avait l'air d'un grand singe, et elle fit la grimace.

— Vous n'êtes pas particulièrement attirante, vous non plus, remarqua-t-il.

« C'est le moins qu'on puisse dire, pensa la jeune fille. Ce soir, quand il sera monté, je laverai mes affaires et je les ferai sécher devant le feu. » Cependant, elle ne lui répondit pas, et le cliquetis de la machine à écrire ne tarda pas à meubler le silence.

Le vent s'était levé. Elle l'entendait hurler dans la vaste

cheminée. Elle s'appliquait à lire ses magazines très lentement, s'efforçait de s'imaginer dans les paysages représentés par les photographies.

Étant enfant, elle avait espéré voyager dans le monde entier. Son père était un expert en radars, au service d'une compagnie internationale. La plupart de ses voyages étaient brefs, mais il lui arrivait parfois de rester absent durant plusieurs mois. Il avait promis à Pattie de l'emmener partout avec lui quand elle aurait terminé ses études. De tout temps, elle avait eu envie d'écrire. Très jeune encore, elle avait vendu quelques nouvelles à des journaux pour enfants, elle avait monopolisé le magazine de son école, et son professeur d'anglais ne tarissait pas d'éloges sur elle. Elle accompagnerait son père, rencontrerait toutes sortes de gens, écrirait des romans. Cependant, rien ne s'était passé comme prévu.

Elle n'avait pas à se plaindre de son existence : elle avait su saisir ses chances. Tout aurait pourtant pu être différent ; elle-même aurait pu être différente. Du vivant de son père, elle n'avait jamais eu peur de rien et, à présent, elle osait à peine respirer, tant l'homme installé à l'autre bout de la pièce l'effrayait. Il ne la toucherait pas, évidemment. Il avait assez de bon sens pour envisager les conséquences d'un tel geste. D'ailleurs, il l'avait bien dit, elle n'en valait pas la peine. Il ne lui ferait aucun mal, du moins physiquement. Moralement, c'était elle qui était susceptible de se faire du mal. Peut-être s'acheminait-elle vers une dépression nerveuse.

Depuis un certain temps, elle devait se l'avouer, elle n'était plus la même. Elle aurait apprécié, maintenant, la présence de Michael ; toutefois, avant de se retrouver dans cette maison, elle avait senti qu'il manquait quelque chose dans leurs relations. Elle avait désiré un changement, sans prévoir un tel bouleversement. Elle avait l'impression d'avoir entrepris une promenade sur une petite route campagnarde, et de s'être subitement retrouvée dans une jungle.

Devant le feu, la chaleur était bien celle de la jungle,

45

mais, dehors, le monde était pris par le gel. Il lui fallait une bonne provision de bûches sèches. Elle enfila la veste en peau de mouton, et sortit par la porte de derrière. Les flocons étaient moins drus, mais le ciel ne s'était guère éclairci. La manière dont la tempête cessait pour revenir de plus belle mettait les nerfs à vif. C'était comme si l'on entrebâillait une porte de prison pour la claquer de nouveau au nez du détenu.

« Je commence à perdre la tête, songea-t-elle. Je vais bientôt me mettre à parler toute seule et, quand il me dira : « Je vous ai demandé de vous taire », je répondrai : « Moi ? Mais je n'ai pas ouvert la bouche. » Et j'en serai convaincue. »

Le bois était enseveli sous la neige. Il y avait une pelle, dans la cuisine, et elle parvint à le dégager. Si seulement elle avait porté des gants, au moment de l'accident ! Elle avait les mains gelées. Elle rentra les bûches trois par trois — elle était incapable d'en prendre plus à la fois — et les empila soigneusement près de la cheminée.

Duncan Keld ne lui accordait pas un regard. Il était enfermé dans son petit univers personnel. Si elle décidait de partir se perdre dans l'immensité neigeuse, il ne s'apercevrait pas de sa disparition avant la tombée de la nuit, quand il allumerait la lampe. Et il ne se lancerait certainement pas à sa recherche. Il ne pensait qu'à lui, au bouleversement apporté dans sa vie par la présence de Pattie. Pourtant, ce n'était pas réjouissant pour elle non plus.

Du moins sa colère l'avait-elle réchauffée. Quand elle eut entassé assez de bûches, elle ressortit, les mains dans les longues manches de la veste. Le vent soulevait en tourbillons la couche superficielle de la neige ; à plusieurs reprises, la croûte gelée céda sous ses pas, et elle se retrouva enfoncée dans le sol jusqu'au.. genoux.

Elle ne s'éloigna pas de la maison. Elle ne l'avait pas encore bien regardée de ce côté. Il y avait quatre fenêtres, à l'étage, donc plusieurs chambres. Peut-être Duncan Keld disait-il la vérité, en parlant d'un seul lit, mais il y avait peut-être un lit de camp, ou même des draps. Ce serait si bon de s'envelopper dans un drap...

La porte, au pied de l'escalier, grinça légèrement, mais le bruit de la machine à écrire dut couvrir le son. La jeune fille monta doucement les marches de pierre. Parvenue sur le palier, elle ouvrit l'une des deux portes mais la referma aussitôt : c'était visiblement la chambre de Duncan Keld, et elle ne tenait pas à y pénétrer. Elle fit la grimace, sans raison valable ; la pièce était en ordre, le lit avait des draps blancs.

L'autre pièce était très vaste, glaciale, et contenait simplement deux vieilles malles. Les murs étaient blancs, les poutres noires. Elle aurait pu être agréable l'été, avec ses fenêtres qui laissaient entrer la lumière sur deux côtés, cependant elle paraissait inutilisée, pendant toute l'année.

Pattie souffla sur une vitre, et frotta le givre pour le faire fondre. Le paysage désolé évoquait une planète morte. Il aurait été merveilleux d'apercevoir au loin un chasse-neige, ou un hélicoptère dans le ciel... mais un hélicoptère était-il capable d'atterrir sur la neige ? Il n'y avait rien, pas même un oiseau. Et elle devait redescendre : les frissons la reprenaient.

Elle vint à bout de cette journée avec l'aide des magazines. Quand le jour baissa, elle se rapprocha du feu et continua de lire à la lumière des flammes.

Elle vit Duncan Keld allumer la lampe, avant de passer dans la cuisine. Un autre jour presque achevé, pensa-t-elle. Le pire, c'était la nuit. Automatiquement, sa main chercha son talisman. Il n'était plus là. Affolée, elle tâta son cou : la chaîne avait pu se perdre dans le col montant de son pull-over. Elle bondit sur ses pieds, ôta sa veste. Le médaillon n'était nulle part. Elle le chercha sur le fauteuil, sur le tapis, dans le cercle éclairé où elle avait passé la majeure partie de la journée.

La perte du bijou la bouleversait profondément, lui faisant perdre tout contrôle d'elle-même. Elle devait à tout prix le retrouver. Elle gravit l'escalier en courant, pénétra dans la grande chambre vide, examina le sol dans la lumière déclinante, aperçut seulement les traces à peine marquées de ses propres pas dans la poussière.

« Oh, mon Dieu ! pensa-t-elle. Je suis allée au tas de bûches. Combien de fois ? J'ai marché autour de la maison. Le médaillon a dû tomber dans la neige. La chaîne était si fragile. J'ai failli la briser, hier soir... »

Il avait encore neigé, depuis qu'elle avait rentré le bois. Le bijou serait donc recouvert. Et il commençait à faire nuit, il lui faudrait attendre jusqu'au matin. Cependant elle s'était aussi rendue dans la cuisine, aux toilettes, elle avait cherché un peu partout de quoi lire.

Elle était près du placard où elle avait trouvé les magazines, quand Duncan Keld revint dans la pièce.

— Allez-vous cesser de rôder comme un fauve en cage ?

— J'ai perdu mon talisman.

— Quoi ?

— Mon talisman, un bijou chinois. Mon père me l'avait offert.

Le médaillon n'était pas là : à la lumière de la lampe, elle l'aurait vu briller.

— Eh bien, demandez à papa de vous en acheter un autre, répliqua son compagnon d'une voix traînante.

— Je ne peux pas...

Les muscles de sa mâchoire se contractèrent. Après tant d'années, les mots restaient difficiles à prononcer.

— Il... il est mort.

— Je suis désolé.

— Non, vous ne l'êtes pas ! lui lança-t-elle au visage. Pourquoi le seriez-vous ? C'est sans intérêt pour vous.

— Quand est-ce arrivé ?

— Il y a longtemps, des années...

Elle eut un geste pour serrer le médaillon entre ses doigts, mais ils se refermèrent sur le vide. Des larmes brûlantes lui montèrent aux yeux. Elle déclara d'une voix hachée :

— Je l'avais depuis des années, et maintenant, je l'ai

perdu dans la neige. Je ne le retrouverai jamais, et vous êtes là, à me dire que vous êtes désolé. Hypocrite !

Le dégoût, la rage envahissaient son esprit, martelaient ses tempes. Si elle en avait été capable, elle aurait tué Keld. Sa fureur était celle d'un enfant, ou d'une démente ; seule, la violence était capable de l'apaiser.

— Allez au diable, hurla-t-elle, vous et votre travail imbécile !

Si elle ne balaya pas la lampe de la table, ce fut pur hasard. Elle éparpilla tous les papiers. Elle aurait voulu les déchirer, les mettre en miettes. Elle avait envie de lancer la machine à écrire contre un mur ; pour elle, c'était un symbole : il était bien dans sa peau, occupé à ce qu'il aimait, bien nourri, et elle se sentait totalement désemparée parce qu'elle venait de perdre le dernier cadeau de son père.

Au moment où elle soulevait la machine, il la retint. Elle lui cria que, si quelqu'un ne la sortait pas tout de suite de cette maison, elle allait devenir folle. Elle ne pouvait plus supporter cette situation. Et qu'il ne s'avise surtout pas de porter la main sur elle, ou elle lui arracherait les yeux !

Il lui administra une gifle magistrale, et, sur l'instant, elle ne sentit rien, tant elle était hors d'elle. Quelque chose lui rejeta la tête en arrière, lui coupa la parole. Elle perçut ensuite une brûlure à la joue, toucha son visage, et s'entendit murmurer :

— Vous m'avez poché un œil, comme à Willie.

— Non, pas comme à Willie, rétorqua-t-il.

Elle eut l'impression de recevoir une douche glacée. Elle perdit le souffle, secoua la tête. Enfin, la colère l'abandonna, ses membres se glacèrent, et elle fut prise d'un tremblement incontrôlable.

Jamais elle ne s'était donnée ainsi en spectacle. Dans son enfance, elle avait eu des crises comparables, — quel enfant n'en a pas ? —, mais jamais avec cette violence, et jamais depuis. D'ailleurs, elle ne se sentait plus la même :

elle pleurait, maintenant, sans pouvoir s'en empêcher, et elle n'avait pas pleuré depuis des années.

— Excusez-moi, hoqueta-t-elle.

Les mots lui parurent ridicules. Sa tête lui faisait mal, ses larmes ruisselaient toujours, et son unique mouchoir était dans la poche de sa veste, près de la cheminée. Elle avala péniblement sa salive, et ajouta :

— C'est la première fois que j'ai une crise de nerfs.

Il lui mit dans la main un mouchoir propre et doux.

— Oh, merci...

Elle y enfouit son visage, murmura confusément :

— Je suis vraiment désolée. Je ne pleure jamais, mais je suis incapable de m'arrêter...

— Cela va venir. On finit toujours par cesser de pleurer.

C'était le moment, pour lui, de se mettre en rage ou de se moquer d'elle cruellement. Cependant, il lui parlait gentiment ; quand elle leva la tête vers lui, il la prit contre lui, et elle se sentit incroyablement réconfortée.

Les seules fois où elle avait pleuré, c'était dans les bras de son père, et pour des chagrins d'enfant. En cet instant, elle était aussi faible et vulnérable qu'autrefois. Elle trébucha quand il l'entraîna vers la cheminée. Elle se blottit au creux du vaste fauteuil, assez grand pour deux, puisqu'il s'y assit avec elle et la garda serrée contre lui.

— C'était son dernier cadeau, sanglota-t-elle. Lors de son ultime départ... Il voulait me le voir porter à son retour, m'avait-il dit. Je croyais qu'aussi longtemps que je le porterais, il reviendrait peut-être...

— Nous le retrouverons, lui promit-il. Si vous l'avez perdu dans la maison, nous le retrouverons demain.

— Il est peut-être dehors.

— Alors, il nous faudra un peu plus longtemps.

L'ombre de la barbe s'était encore accentuée, mais elle pensa : il a un visage remarquable. Pas vraiment beau ; pas lisse et régulier, comme celui de Michael. Mais tourmenté, vigoureux et... oui, plutôt beau.

— Je vais ramasser vos papiers, déclara-t-elle. J'ignore

ce qui m'est arrivé. J'ai perdu la tête en m'apercevant de la disparition de mon talisman. C'est peut-être parce que je n'ai rien mangé.

— Quoi ? fit-il en fronçant les sourcils.

— Vous m'aviez ordonné de ne toucher à rien !

— Et vous avez obéi ?

— Je n'avais pas faim...

— Attendez, laissez-moi le temps de comprendre, reprit-il d'un ton incrédule. Vous n'avez rien mangé depuis deux jours ? C'est une habitude, chez vous ?

— Non. Vous m'aviez ordonné de ne toucher à rien, répéta-t-elle.

— Oui, bien sûr. Je vous avais aussi commandé de rester là, et de ne pas bouger. Cependant je ne m'attendais pas à vous voir prendre mes instructions à la lettre, petite sotte. Vous êtes stupide.

Stupide, oui, elle l'était.

— Je sais, reconnut-elle. J'ai été stupide de venir ici. Stupide de précipiter ma voiture dans le fossé. J'ai failli me tuer, j'ai eu une peur bleue, et j'aurais préféré mourir de faim plutôt que de toucher à vos provisions. Depuis mon arrivée, je ne me sens pas bien. Je n'avais envie de rien, je n'en ai toujours pas envie. Je veux seulement récupérer mon talisman.

— Demain, nous le retrouverons. Ce soir, nous allons manger.

Il se leva.

— Restez où vous êtes.

Pattie n'avait pas faim mais, quand il apporta deux bols de bouillon, elle en but quelques gorgées puis le finit. L'écrivain l'observait.

— Cela va mieux ? demanda-t-il.

— Oui, merci. Je peux remettre une bûche ?

Il en posa deux sur les braises. Elle se surprit à dire :

— Voudriez-vous vous asseoir près de moi, s'il vous plaît ?

Elle éprouvait le besoin d'une présence toute proche.

— Voulez-vous me prendre dans vos bras ? implora-t-elle.

Quand il s'exécuta, elle se raidit quelque peu, mais se détendit aussitôt.

— Je vous demande pardon d'être venue vous encombrer...

Il sourit. Elle ne l'avait encore jamais vu sourire, et ne put s'empêcher de l'imiter.

— Je ne tenais pas à avoir de la compagnie, répliqua-t-il. J'éprouve le besoin d'être seul, de temps en temps.

Il changea de sujet.

— Parlez-moi de votre père.

Elle le fit volontiers, et s'en étonna : jamais elle ne racontait son passé. Ses amis savaient que sa mère était sa seule famille, mais elle se mit à expliquer à Duncan Keld quel genre d'homme avait été son père, comme il était bon, intelligent et drôle. Elle lui narra leur vie dans la vieille maison, tous les souvenirs qu'elle croyait oubliés : les fenêtres de sa chambre, qui donnaient sur le verger de pommiers ; les noms d'amis et de voisins ; le grand sapin qu'on dressait, à chaque Noël, dans le vestibule. Son père s'arrangeait toujours pour être là à Noël.

— Souvent, il arrivait seulement la veille et, parfois, il devait repartir avant le Nouvel An ; pourtant, il venait toujours, nous en avions la certitude.

Une veille de Noël, il était en route, quand son avion heurta le flanc d'une montagne. Pattie était seule à la maison, lorsqu'elle entendit le flash d'information. Sa mère était allée à l'église, et la jeune fille était restée pour accueillir son père.

— J'ai tout de suite compris qu'il s'agissait de son avion, murmura-t-elle.

Elle parlait d'une voix très juvénile, très triste.

— Ils donnent un numéro de téléphone, dans ces cas-là et j'essayais sans cesse de l'obtenir, sans y parvenir. Ma mère est rentrée, avec un groupe d'amis. Ils riaient et plaisantaient, et il m'a fallu longtemps pour me faire entendre.

— Quel âge aviez-vous ?

— Quinze ans.

Son visage maculé de larmes s'était rétréci. Ses cheveux retombaient sur ses joues. Duncan en souleva une mèche et, doucement, la ramena derrière son oreille.

— Je n'ai pas pleuré. Jamais...

Elle en était encore surprise, semblait-il.

— Sans doute parce que ma mère s'est effondrée : je devais m'occuper d'elle, je n'avais pas le droit de me laisser aller. Et peut-être aussi n'y croyais-je pas...

La main de Duncan, posée sur son épaule, la réchauffait. Elle avait l'impression qu'elle pourrait s'endormir sans redouter les cauchemars.

— Il n'a jamais cessé de me manquer, reprit-elle. En me donnant le médaillon, il m'a dit : « Quand tu le mettras à ton cou, je le sentirai, et je penserai à toi. » Je me comportais comme si c'était encore possible. J'étais convaincue qu'un jour où je porterais le talisman, il reviendrait... Je vais le retrouver, n'est-ce pas ?

— Mais oui, bien sûr...

Personne ne l'avait plus câlinée, depuis la mort de son père. Elle était transportée plusieurs années en arrière, et ses paupières étaient pesantes. Elle était infiniment lasse, mais, quand Duncan déclara : « Venez vous coucher », elle se mordit les lèvres, et murmura :

— Non, je...

— Je sais de quoi vous avez besoin...

Sans doute avait-il raison. Elle n'avait pas envie de se retrouver seule. Le regard qu'il posa sur elle était simplement bienveillant.

— Il vous faut du sommeil et de la chaleur.

Il la souleva dans ses bras et l'emporta comme une enfant. Elle noua les mains sur la nuque de l'écrivain, mit la tête sur son épaule. Il l'allongea sur le lit. Les draps étaient froids, mais il s'étendit à ses côtés, tout habillé, les bras autour d'elle.

Pour la première fois depuis son arrivée, elle dormit d'un sommeil profond et sans rêves. A un moment, elle s'éveilla à demi, se débarrassa de sa jupe et de son pull-over. Elle avait conscience de la présence de Duncan ; ou plutôt, elle avait conscience de la présence d'un être près duquel elle se sentait en sécurité. Elle s'abandonna de nouveau au sommeil...

Quand elle s'éveilla pour de bon, c'était le matin. Elle était seule dans le lit et elle demeura couchée, l'esprit lucide, comme si elle avait émergé d'un tunnel pour retrouver la lumière. « Un psychiatre m'aurait demandé une fortune, pensa-t-elle, pour me débarrasser de toutes ces inhibitions. » La veille au soir, elle avait enfin pleuré sur la mort de son père...

Elle se redressa, les genoux sous le menton, et regarda le creux laissé dans l'oreiller par la tête de Duncan.

— Merci, docteur, murmura-t-elle. Je suis heureuse de vous avoir rencontré. Vous m'avez fait beaucoup de bien.

— Thé ou café ? cria-t-il, du bas de l'escalier.

— Café, s'il vous plaît, répondit-elle d'une voix chantante.

Les vitres étaient toujours blanches, on ne voyait pas s'il neigeait encore. Cependant, elle irait chercher son talisman dans la neige. Si elle ne le trouvait pas tout de suite, personne d'autre ne le découvrirait. Le bijou attendrait, là où il était.

Quand elle entendit Duncan monter l'escalier, son cœur fit un drôle de petit bond. En souriant, elle regarda la porte s'ouvrir. Duncan était habillé. Elle ne se rappelait pas s'il avait gardé ses vêtements toute la nuit. Son visage était frais et net.

— Vous vous êtes rasé ? Oh, superbe !

— Oui, n'est-ce pas ? répliqua-t-il avec un large sourire.

— Vous êtes mieux ainsi, c'est vrai, mais je ne parlais pas de vous. Si vous vous êtes rasé, il doit y avoir une glace quelque part. J'en aurais bien besoin.

— Vous êtes parfaite, déclara-t-il en lui tendant sa tasse de café.

54

— Vous mentez.

Néanmoins, elle était maintenant capable de rire de son aspect négligé.

— Non, répondit-il.

Et elle sut qu'il la trouvait jolie.

Il ouvrit un tiroir de la commode, tandis qu'elle l'observait. Il était grand, avec de larges épaules. Ses cheveux noirs bouclaient légèrement sur le col roulé de son pull-over. La jeune fille eut soudain envie de se lever, pour s'approcher de lui par-derrière, lui mettre les mains sur les yeux et lui demander : « Qui est-ce ? » Elle éprouvait le désir de le toucher. Comme elle avait touché son talisman ? Pour attirer la chance et la sécurité ? Elle eut un petit sourire ironique : ce n'était pas du tout la même chose...

— Je vous demande pardon pour hier au soir, dit-elle. J'ai été ridicule.

— Pas du tout.

— Je vous prie aussi de m'excuser pour m'être imposée à vous, ajouta-t-elle.

Il posa sur la commode une chemise à carreaux bruns et blancs, et se retourna.

— Cela, je dois l'avouer, c'était une... surprise.

— Vous pourriez certainement être plus direct...

— En effet !

Ils éclatèrent de rire. Duncan poursuivit :

— C'était exaspérant d'être observé par une journaliste venue pour écrire un article sur moi. Toutes les fois que je levais les yeux, c'était pour vous voir au coin de la cheminée, l'air sombre, malveillant.

— Je vous trouvais horrible, répliqua-t-elle avec une grimace.

— Je le suis, approuva-t-il. Au point de ne pouvoir être lâché en permanence parmi mes frères humains, surtout quand un livre en arrive au point le plus difficile. A ces moments-là, je monte ici, je m'enferme et je compte sur un acte du ciel pour tenir à l'écart le reste du monde. La neige, par exemple. Hélas, je n'ai pas toujours une telle chance avec le temps.

Il avait besoin de solitude, et elle le comprenait. Le menton sur les genoux, les mains croisées sur les chevilles, elle posait sur lui ses grands yeux noirs.

— Vous avez l'impression d'être sur une petite île, n'est-ce pas ? Seulement, cette fois, vous avez une naufragée. Allez-vous me rejeter à la mer ?

Il l'en avait menacée. Il en aurait été capable, mais plus maintenant. Quand elle avait craqué, il lui avait témoigné sa compassion.

— Je serai aussi silencieuse qu'une souris, promit-elle.

Elle fronça le nez, le fit frémir comme celui d'une souris. Il éclata de rire.

— Descendez. Je vous montrerai où je mets le fromage.

Quand elle rejeta les couvertures et sortit du lit, elle se sentit soudain ridiculement timide ; pourtant, elle était loin d'être nue. Il perçut son petit rire nerveux et conseilla :

— Allez vous habiller près du feu.

— D'accord. Pourriez-vous me prêter quelque chose, une chemise, par exemple, pour me permettre de laver mon linge ?

— Choisissez, répondit-il, avec un geste vers la commode. Je vais préparer le petit déjeuner. Tâchez d'avoir faim.

Elle rit de nouveau. Elle était nerveuse et surexcitée, parce que tout avait changé. La maison n'était plus une prison, mais plutôt une fusée qui filait vers les étoiles.

Elle prit deux chemises, une pour le jour, et une pour la nuit : elle devrait peut-être rester encore une bonne semaine. Elle enfila la première, la serra à la taille avec sa ceinture. Après quoi, elle entreprit de faire le lit.

Quand elle descendit l'escalier en courant, ses bottes résonnèrent sur les marches. Elle n'avait plus à se déplacer sur la pointe des pieds. Naturellement, elle serait silencieuse lorsque Duncan travaillerait, mais il lui avait pardonné d'être là. Et elle se l'était elle-même pardonné. Elle écrirait son article, et sans doute aurait-elle acquis un excellent ami. Le meilleur, peut-être.

Il était dans la cuisine, devant le réchaud, et, à sa vue, le cœur de la jeune fille fit de nouveau ce drôle de petit bond.

— Vous savez aussi cuisiner ? demanda-t-elle.

— Je n'ai rien d'un cordon-bleu, cependant mes œufs brouillés ne sont pas absolument répugnants.

— Je ne... commença-t-elle.

Il se retourna, pointa sur elle sa fourchette.

— Si vous n'aimez pas les œufs brouillés, prenez autre chose mais mangez : je ne veux pas vous voir périr d'inanition.

— Je mange de tout, protesta-t-elle, et j'adore les œufs brouillés. J'allais dire autre chose : me permettriez-vous de préparer le dîner ?

— Quelle idée sensationnelle ! s'écria-t-il.

— Pour quelle heure ?

— Vers sept heures.

— Il y a un ennui : je n'ai pas de montre. Elle est restée dans la voiture.

Il ôta sa montre-bracelet, la posa sur la table.

— Et maintenant, vous pouvez griller les toasts.

A l'aide d'une longue fourchette de cuivre, Pattie présenta les tranches de pain aux braises, et les regarda dorer et brunir. C'était bien plus satisfaisant que de glisser le pain dans un appareil électrique, et d'attendre de le voir vous sauter au nez.

Ils dégustèrent leur petit déjeuner devant le feu. Les toasts avaient un léger goût de fumée, et les œufs brouillés étaient délicieux. Elle mangea avec appétit, et Duncan aussi, comme s'il était pressé de se remettre au travail. Elle aurait aimé lui parler, mais ce serait pour plus tard. Elle avait envie de le connaître, et pas seulement pour son article.

Il eut fini avant elle, et emporta dans la cuisine sa tasse

et son assiette. A son retour, il lui tendit un miroir rectangulaire, encadré de matière plastique blanche.

— Vous en avez vraiment besoin ? s'enquit-il.

Devant son image, elle sursauta et gémit :

— Je regrette maintenant de vous l'avoir demandé ! Pourrais-je vous emprunter un peigne ? Vous en avez bien un ?

Il fixa sur elle un regard menaçant, mais c'était pour plaisanter, et elle ne manqua pas de rire.

— Ecoutez, ma chère, quand je suis ici, je me laisse pousser la barbe. Néanmoins, d'une façon générale, je suis un homme soigné. Je me lave, je me peigne, je me brosse les dents...

— Bah, répliqua-t-elle, une certaine décontraction n'a jamais fait de mal à personne.

Elle-même n'en croyait pas ses oreilles.

— Cependant, ajouta-t-elle, j'aimerais me laver les cheveux.

— Attendez.

Il monta à l'étage, revint aussitôt avec un flacon d'un liquide ambré.

— Je ne l'avais pas sorti de ma valise.

Pattie poussa un petit cri de ravissement.

— Je n'avais encore jamais eu droit à tant d'enthousiasme pour si peu de chose, remarqua-t-il.

— Qui peut convoiter du parfum, des chocolats ou des roses rouges ? Du shampooing, c'est merveilleux !

Elle embrassa la bouteille.

— C'est un baiser gâché, objecta-t-il. C'est moi qui vous ai donné ce flacon.

Il se pencha pour poser sur les lèvres de la jeune fille un baiser léger qui la fit frissonner.

— Et maintenant, au travail ! s'exclama-t-il.

— Bien sûr.

Il allait travailler. De son côté, elle se laverait les cheveux et essaierait de se rendre présentable. Depuis son arrivée, elle regrettait l'absence de ses bagages. Maintenant plus que jamais, elle aurait aimé avoir l possibilité de se changer, de se maquiller. Elle avait le teint naturellement pâle ; le bronzage acquis grâce aux séances hebdomadaires demandait à être accentué par un peu de fard sur les joues et sur les lèvres.

Quelques mois plus tôt, elle avait écrit un article sur la manière dont les dames de l'époque victorienne trichaient, avant que l'usage des cosmétiques se fût répandu dans les milieux respectables. La betterave rouge était l'un de leurs recours : si on l'appliquait légèrement, rapidement, l'effet n'était pas trop artificiel. Dans la cuisine, il y avait un bocal de betteraves en conserve. Pourrait-elle s'en servir pour se rougir les lèvres ? Et, dans ce cas, garderait-elle une odeur et un goût de vinaigre ? Cette idée la fit rire. Duncan, qui triait des papiers, s'étonna :

— Qu'y a-t-il de si drôle ?

— Euh... vous aimez le vinaigre ?

Il allait la croire préoccupée du dîner, mais il se demanderait ce qui l'amusait à ce point.

— Certainement, répondit-il.

Comme elle n'ajoutait rien, il se remit au travail. Le matin, il n'avait pas attendu l'arrivée de la jeune fille pour ramasser tous les feuillets éparpillés.

— Je... je suis désolée, déclara-t-elle.

— A propos de quoi ?

Cette fois, il n'était pas sur sa longueur d'onde. Il lui fallut un moment pour saisir de quoi elle parlait.

— N'y pensez plus, conseilla-t-il.

Pattie comprit : elle devait maintenant se taire. Grâce au ciel, elle n'avait pas eu l'occasion de brûler les papiers, ni d'abîmer la machine à écrire. Comment Duncan aurait-il réagi, dans le cas contraire ? Il s'était montré compréhensif, cependant ce n'était pas un homme tolérant. Si elle avait gâché son travail, il aurait été capable de la frapper pour de bon.

En somme, malgré la perte de son talisman, elle n'avait jamais eu autant de chance de sa vie. Certes, elle tenait à retrouver le médaillon, mais, quand elle ouvrit la porte de derrière, la neige avait effacé les traces de ses pas et de ses mains sur le tas de bois. De minuscules flocons tombaient encore. Elle ne trouverait rien ce jour-là.

Elle se surprit à sourire à la neige. Elle aurait été déçue s'il y avait eu des signes de dégel : elle n'avait plus envie de partir. Bientôt, oui, mais pas avant d'avoir fait plus ample connaissance avec Duncan Keld. Pas seulement pour écrire son article mais pour avoir la certitude qu'il lui téléphonerait, qu'il garderait le contact avec elle, que leurs vies seraient liées.

Il lui avait permis de prendre ce qu'elle voudrait dans la commode de la chambre, et elle monta choisir ce dont elle avait besoin. Quand elle redescendit, l'eau était chaude. Pattie fit sa toilette, lava son linge et, pour l'étendre, trouva dans un tiroir une pelote de ficelle qu'elle noua autour de deux vieux clous plantés dans la grosse poutre, devant la cheminée.

Elle se nettoya les dents d'un doigt enduit de pâte dentifrice. Un homme, prétendait-on, vous prouvait son amour en vous prêtant sa brosse à dents, néanmoins peut-être devait-elle se contenter de son peigne. Elle se shampooina les cheveux dans la neige fondue et s'agenouilla ensuite sur un coussin, devant le feu, pour les sécher.

Quand Duncan se leva, elle se retourna vers lui pour le questionner du regard.

— Café, dit-il.

— Je vais m'en occuper.

— Merci.

Devant les sous-vêtements suspendus à la ficelle, il haussa les sourcils, avant de poser un regard perplexe sur la jeune fille vêtue d'une simple chemise.

— Je vous ai emprunté un tee-shirt et un slip, déclara-t-elle gravement.

— Une tenue plutôt bizarre !

— Pleine de courants d'air.

— Alors, je vais pousser la cuisinière. Je ne voudrais pas que vous preniez froid dans votre tee-shirt.

— *Votre* tee-shirt.

— Peu importe, répliqua-t-il en riant. Il vous va sûrement mieux qu'à moi.

Il revint de la cuisine avec deux tasses de café, en tendit une à Pattie et retourna à sa table de travail. Elle le contemplait. Plongé dans le monde de ses pensées, il en était parfaitement inconscient, elle en était convaincue, mais elle prenait à l'observer un plaisir sans cesse croissant.

Elle sentait monter dans ses veines une chaleur qui ne devait rien au feu. Elle se rappelait avoir regardé Michael, dans la salle à manger de l'hôtel, sans rien éprouver de particulier.

Elle se força à se détourner et passa sa jupe et sa jaquette sur sa tenue hétéroclite. Elle allait se mettre à l'ouvrage dans la cuisine, préparer le repas...

« Grand Dieu, songea-t-elle, j'ai une envie folle de lui ! » Elle se mordit les lèvres : cette expression triviale n'exprimait rien de la violente fièvre qui la dévorait, comme si elle avait été affamée d'amour toute sa vie...

4

Le dernier dîner préparé par Pattie l'avait été pour elle et Michael. Le repas avait débuté par des avocats, s'était poursuivi par un steak au poivre, et achevé sur une mousse au citron. Michael l'avait complimentée pour chaque plat. Ensuite, il l'avait prise dans ses bras pour lui déclarer :

— Nous allons bien ensemble.

Dans sa bouche, c'était un compliment. S'il l'avait vue maintenant, il aurait été horrifié. Elle était bien éloignée de la jeune femme élégante qu'il aimait, et il n'aurait pas davantage apprécié les mets qu'elle s'apprêtait à servir. Ce qui prouvait qu'ils n'allaient pas si bien ensemble. Pattie, elle, mangerait avec plaisir, et elle s'était plus amusée en inventoriant le contenu du placard à provisions de Duncan, qu'en achetant les avocats et le filet de bœuf.

Elle s'était décidée pour des spaghetti à la viande, et des pêches au vin : ils boiraient, en mangeant, le reste de la bouteille. Ses connaissances en matière de vin étaient limitées. Elle choisit donc l'étiquette la plus avenante, car elle ne voulait rien demander à Duncan. Elle se refusait absolument à le déranger. Pour attirer son attention, il lui faudrait le secouer à sa table de travail. Comme la veille, il était totalement absorbé. Elle sentait l'intensité de sa concentration, mais elle n'en était plus vexée. Sans doute lui sourirait-il quand il lèverait les yeux vers elle.

Ses vêtements avaient séché ; elle se changea. Pour dîner, elle remettrait la chemise : c'était plus pratique que sa jupe et son pull-over, et, avec un peu d'imagination, elle pourrait l'agrémenter, lui donner une certaine élégance. De toute manière, ils pourraient en rire. Elle avait envie de s'amuser aujourd'hui. Tout lui paraissait incroyablement drôle.

La situation était cocasse et ne perdrait rien de son comique quand elle la raconterait dans son article. Elle en sourit plus d'une fois en repartant à la découverte de la maison. Elle l'avait déjà visitée de fond en comble, mais, ce jour-là, tout était différent. La grande pièce du haut, par exemple, avec ses deux malles et sa poussière sur le sol, n'était plus simplement vide. Elle offrait des quantités de possibilités. Elle ferait un merveilleux studio, avec un radiateur et des lampes à pétrole. Il faudrait la meubler, peut-être en courant les ventes aux enchères. Pattie l'imaginait fort bien avec des tapis très colorés, quelques fauteuils confortables, un canapé, un grand bureau...

Certes, Duncan refuserait de la louer, même à quelqu'un qui promettrait d'y séjourner seulement quand il ne serait pas là, cependant elle aurait aimé avoir une place dans cette maison. Dans les coupures de presse qu'elle avait lues avant de venir, on disait qu'il avait acheté le pavillon de chasse presque en ruine, et qu'il avait contribué à le rénover : il avait restauré les planchers, réparé les murs et le toit.

« J'aurais bien voulu être là, songea-t-elle. Je l'aurais aidé, j'aurais écrit mon nom dans le plâtre, dans un coin. » Elle avait l'impression d'être de retour dans la vieille demeure familiale ; ces deux bâtisses, pourtant, n'avaient rien de commun, sinon leur ancienneté.

A midi, elle fit du café frais, prépara des sandwichs au fromage et posa le tout sur la table, près de Duncan. Il leva les yeux, lui adressa un rapide sourire et murmura : « Merci, mon ange. » Ça ne signifiait rien, mais elle se souviendrait du ton sur lequel il avait prononcé ces mots.

Pour manger, elle-même reprit sa place auprès du feu. Le charme ne provenait pas seulement de la maison, pensa-t-elle, mais aussi, et surtout, de l'homme qui l'habitait. Elle n'aurait pas désiré se trouver là sans Duncan, été comme hiver. S'ils devenaient bons amis, peut-être lui demanderait-il de revenir.

Quand ils seraient tous deux rentrés à Londres, elle l'inviterait chez elle. Néanmoins, soudain, l'appartement propre et méticuleusement rangé lui sembla étranger, sans le moindre caractère. « A mon retour, décréta-t-elle, je changerai tout ça. » Il n'y avait malheureusement pas de cheminée : regarder brûler des bûches était pourtant merveilleusement reposant.

Dans l'après-midi, elle fit des patiences avec un jeu de cartes découvert dans un tiroir du buffet. Elle prépara ensuite le repas du soir et « s'habilla » pour le dîner. Elle enfila à nouveau la chemise, roula les manches au-dessus de ses coudes, et la boutonna juste assez haut pour former un décolleté raisonnable. Elle se sentait à l'aise, elle espérait être séduisante et, en se penchant sur les spaghetti qui cuisaient, elle décida de se passer de betteraves : la chaleur lui avait mis assez de rose aux joues.

Elle avait préféré ne pas fermer la porte de la cuisine : ainsi un peu de la chaleur du feu de bois y pénétrait, et, avec celle du réchaud, il faisait presque doux. Cependant, c'était surtout parce que, en se retournant, elle voyait Duncan assis à sa table de travail, dans la salle de séjour.

A la tombée de la nuit, il avait allumé les lampes, et elle avait emporté la lampe-tempête dans la cuisine. Il était alors cinq heures. Quelques minutes avant sept heures, il travaillait toujours, et Pattie se demandait comment l'appeler pour dîner quand la question se résolut d'elle-même. Elle avait mis les assiettes à chauffer ; elle en saisit une, poussa un cri aigu, et la laissa tomber sur les dalles, où elle se brisa en mille morceaux, dans un fracas assourdissant.

— Que diable fabriquez-vous ? s'exclama l'écrivain.

— Cela ressemblait à quoi, à votre avis ? J'ai lâché une assiette brûlante. Navrée : j'aurais peut-être dû m'y cramponner ?

Furieuse, elle sortit de la cuisine en suçant le bout de ses doigts.

— Il est sept heures moins cinq. Faut-il retarder le repas ?

— Avons-nous encore un dîner ?

— Il n'y avait rien dans l'assiette. Une chance, non ? Une chance aussi que vous en ayez encore une. Mais je ferais bien de ne plus rien casser, pour le cas où on ne nous sortirait pas d'ici avant un jour ou deux.

Du coup, elle se sentit mieux, et un sourire se dessina sur ses lèvres.

— On enverra un chasse-neige dès que possible, déclara Duncan en s'avançant vers elle. Mes voisins de la ferme...

Cette ferme se trouvait à six ou sept kilomètres.

— Votre famille et vos amis, m'avez-vous dit, ignorent où vous êtes. Ne vont-ils pas s'inquiéter ? demanda-t-il.

— Pas avant quelques jours.

Pattie rentra dans la cuisine. Il la suivit et ramassa les débris de l'assiette.

— Ma mère est ma seule famille, expliqua-t-elle, et elle vit en Californie. Je suis en congé ; le garçon que je fréquente ne s'affolera pas avant une semaine.

— Cela vous arrive-t-il souvent de partir sans lui laisser d'adresse ?

— Nous n'avons pas de comptes à nous rendre.

Elle éteignit la flamme sous les spaghetti, avant d'ajouter :

— Nous n'habitons pas ensemble...

— Je vois...

« Croyez-vous ? songea-t-elle. Pour moi, c'est de moins en moins clair. » Michael et elle avaient parlé d'amour, cependant avaient-ils vraiment eu une relation profonde, significative ?

Elle imagina sa voiture, presque ensevelie sous la

neige. Il y avait eu d'autres chutes, beaucoup de vent. Le véhicule devait être maintenant à peu près invisible. S'il avait été sa tombe, elle aurait été oubliée en quelques mois. Michael lui-même aurait tôt fait de ne plus penser à elle.

— Montrez-moi cette brûlure, ordonna Duncan.

Il lui prit la main, et, d'instinct, ses doigts se crispèrent. Elle les rouvrit vivement. Il en examina l'extrémité.

— Ce n'est rien, vraiment, objecta-t-elle.

— C'est vrai. Vous avez lâché l'assiette à temps.

— Le sens de l'opportunité, plaisanta-t-elle. Quand on lâche à temps, il n'y a pas de mal.

Néanmoins, il n'abandonna pas tout de suite sa main. Il dévisageait la jeune fille comme s'il avait l'intention de tracer son portrait de mémoire, et elle en faisait autant. Il avait deux rides qui allaient du nez à la bouche, deux autres entre les sourcils. Ses yeux étaient noirs, profonds, et elle y distinguait sa propre image.

— Vous avez un visage très marqué, pour votre âge, remarqua-t-elle d'une voix sourde.

— Absolument pas, riposta-t-il. Ces rides sont la marque de la pensée, de l'intelligence. Quel âge a votre petit ami ?

— Trente ans. Et vous, vingt-neuf, n'est-ce pas ? Vous paraissez plus âgé que lui.

— Michael a le visage lisse ?

— A peu près.

— Un garçon d'un caractère uni ?

Uni, oui. Sans profondeur, peut-être.

— Il est très élégant, très intelligent. C'est un expert-comptable, répliqua-t-elle.

— Un comptable intelligent n'est pas à négliger.

Il n'était naturellement pas impressionné. Dans le domaine de l'intelligence, il dépasserait toujours Michael.

— Et comment réagirait-il, reprit l'écrivain en souriant, s'il vous savait ici, seule avec moi ?

Elle devait bien répondre à cette question : Michael

67

serait sans doute contrarié en apprenant qu'elle s'était mise dans une telle situation. S'il ne l'était pas, sa mère le serait sûrement. Les parents de Michael étaient éminemment respectables.

Elle haussa les épaules.

— Je n'y suis pour rien. D'ailleurs, s'il le savait, que pourrait-il faire, puisque même un chasse-neige est incapable de passer ?

— En effet...

Duncan semblait méditatif. Elle demanda ironiquement :

— Vous, comment agiriez-vous ? Vous sauteriez d'un hélicoptère ? Vous arriveriez à skis ?

— L'un ou l'autre.

Elle n'en doutait pas, et la jalousie lui pinça le cœur. Elle se contraignit à sourire.

— Qui est-ce ?

— Qui ?

— La femme que vous viendriez chercher ?

— Cela fait partie de l'interview ?

— Non.

Cependant, il la croyait sûrement capable d'utiliser sa réponse. Il secoua la tête en riant, et elle en fut heureuse. Elle n'avait pas envie de connaître un nom. Elle voulait tout ignorer de la femme qu'il s'empresserait de sauver. Elle regarda les spaghetti.

— C'est cuit, annonça-t-elle.

Duncan alla se laver les mains. Pattie saisit le miroir, et le tint à bout de bras, pour ramener ses cheveux derrière ses oreilles. Le shampooing les avait rendus brillants, mais trop légers.

— Vous n'auriez pas une pince à cheveux ? s'enquit-elle d'un ton plaintif.

— Je ne m'en sers jamais !

— Quelqu'un aurait pu en oublier une ici.

— Pas chez moi...

La jeune fille soupira, en contemplant les mèches qui lui retombaient sur les yeux.

— Comment vais-je faire ? gémit-elle.

— Ils sont très bien, vos cheveux.

— Ils manquent de corps.

Duncan éclata de rire.

— Ce n'est pas mon impression, insinua-t-il.

Il la détaillait du regard, dans sa chemise serrée à la taille. A son tour, elle se mit à rire.

— Comment le savez-vous ?

Soudain, elle se rappela la nuit précédente, passée à ses côtés. Elle rougit, secoua la tête pour cacher sa confusion, et sa chevelure lui voila le visage.

— Voyons un peu, dit-il.

Le contact des doigts de Duncan sur sa tête la fit frissonner tout entière. Doucement, il tordit les mèches en un semblant de chignon au sommet du crâne et, sans le lâcher, sortit d'un tiroir une épingle à linge en bois.

— J'ai déjà vu cette coiffure quelque part ! s'exclama-t-il.

— Portrait d'une fille de service de l'époque victorienne ? plaisanta-t-elle.

Mais elle avait la bouche sèche.

Il parvint à retenir le chignon avec la pince, cependant, quand il lâcha le tout, les cheveux glissèrent, et l'épingle tomba.

— Ce qu'il nous faut, décida-t-il, c'est un ruban.

— Je donnerais beaucoup pour avoir un ruban. La femme qui n'a pas laissé de pince à cheveux a-t-elle oublié un ruban ?

Elle n'éprouvait plus de jalousie. Cette femme n'était pas là, et, à en juger par la façon dont Duncan regardait Pattie, elle ne lui manquait pas.

— Non, répondit-il. D'ailleurs, je pensais à une cravate. J'en ai une, je vais vous la chercher.

La cravate de soie grise portait une grande griffe, et paraissait presque neuve.

— Tiens, je ne vous aurais pas imaginé avec cela, remarqua Pattie.

La cravate était magnifique, mais, instinctivement, la jeune fille la détestait.

— Vous la voulez, oui ou non ?

— Oui, s'il vous plaît. Vous avez beaucoup d'amis qui vous offrent ce genre de choses ?

— Non.

Assis au bord de la table, les bras croisés, il l'observait.

— Vous en portez ?

— Drôle de question ; oui, naturellement. Si c'est pour ce fameux article, qui se soucie de connaître ces détails ?

— Ce n'est pas pour l'article, je l'avais oublié. Mais je vous vois mal tiré à quatre épingles.

Avant de débarquer chez lui, elle l'avait rencontré une seule fois, le jour où il s'était lancé à sa recherche, après l'histoire de Willie. Ce jour-là, il pleuvait. Duncan portait un imperméable. Sur les photos contenues dans son dossier, il était toujours assez négligemment vêtu.

— N'essayez pas de l'imaginer, rétorqua-t-il. Cependant il m'arrive, quand les circonstances l'exigent, de bien m'habiller. Cette cravate, par exemple, je la porte à la télévision.

Il avait régulièrement des émissions, cependant Pattie s'était toujours arrangée pour les manquer. Elle avoua :

— Je ne vous ai jamais vu à la télévision.

— Aucune importance. Je ne vous y ai jamais vue non plus.

— Je n'y suis jamais passée…

— Cela explique tout !

Il se moquait d'elle. Elle avait repoussé l'idée que quelqu'un lui avait offert une cravate, et elle aurait désiré lui entendre dire qu'il ne la portait jamais ; néanmoins, il ne pouvait pas le deviner. C'était ridicule, et elle sourit.

— Désormais, je vous regarderai. C'est promis.

— Et je vous promets de vous regarder, moi aussi.

— Même si je ne parais jamais sur le petit écran ?

— Qui parle du petit écran ?

S'il était sérieux, quelle joie pour elle ! Elle s'entoura la tête de la cravate, la noua sous ses cheveux, sans se soucier de la friper. S'il lui fallait une cravate grise, elle lui en achèterait une autre, et, quand il la mettrait, il penserait à elle...

— Est-ce bien, ainsi ? demanda-t-elle.

— Parfait.

Il caressa doucement la chevelure de la jeune fille, pour la lisser. Il lui aurait été si facile de lui renverser la tête en arrière, de lui prendre les lèvres. Elle aurait répondu à son baiser avec une passion jamais connue. Ce désir violent la poussa à nouer ses mains sur la nuque de l'écrivain. Mais Duncan ne l'embrassait toujours pas. Elle lui passa les doigts dans les cheveux, et déclara gaiement :

— Vos cheveux à vous ne glissent pas. Ils sont très vigoureux, je pourrais m'y accrocher solidement.

— C'est ce que j'ai de mieux. Des cheveux auxquels on peut s'accrocher. Vous, vous avez un nez charmant...

— C'est vrai ?

Oui, son nez était bien droit, délicatement modelé. Celui de Michael avait la même forme ; il était très fier de son profil : elle l'avait vu s'admirer à la dérobée dans les glaces des restaurants.

— Ravissant, insista Duncan.

Il pencha la tête, et le contact de ses lèvres sur les siennes paralysa Pattie. Cependant, ce baiser ne se prolongea guère. Il se redressa brusquement.

— Quelque chose est en train de brûler, annonça-t-il.

De la casserole montait une odeur pénétrante. La jeune fille poussa un cri et se précipita.

— Nous allons manger des spaghetti sans sauce, n'est-ce pas ? s'enquit-il.

— Non, oh, non...

Cependant, elle craignait qu'il n'ait raison. Elle en aurait pleuré. Pourtant, quand la sauce cessa de bouillir, elle y plongea une cuiller : seul, le fond avait attaché.

— Que diriez-vous d'une sauce un peu épaisse ? questionna-t-elle.

— Je suis prêt à tout essayer !

— Je m'en souviendrai, répliqua-t-elle en lui souriant par-dessus son épaule. En tout cas, tout est prêt. Si nous mettions le couvert ?

— Sur quelle table ?

Il y en avait une, en bois blanc, dans la cuisine, mais elle voulait celle sur laquelle il travaillait.

— Toutes vos affaires sont dessus, je sais, mais je remettrai tout en place.

— N'y touchez pas, je préfère.

Elle se mordit les lèvres, et dit d'un ton contrit :

— Je vous demande pardon, pour hier soir. Je n'ai pas l'intention de recommencer à lancer des machines à écrire contre les murs.

— Cela n'avait rien de personnel, protesta-t-il en lui souriant. Néanmoins, s'il faut débarrasser cette table, je m'en charge.

Il prit dans un tiroir des couteaux et des fourchettes. Pendant ce temps, Pattie égoutta les spaghetti, les disposa dans un plat, les nappa avec ce qui restait de sauce. Quand elle apporta les assiettes, la table était libre.

— J'avais songé à des bougies, déclara-t-elle. Ainsi, nous remarquerions moins les petits morceaux de viande noircis !

— Des bougies ? Oui, bien sûr !

Il y en avait un paquet dans la cuisine, et deux bougeoirs d'émail rouge vif étaient posés sur le buffet. Duncan alluma deux bougies. La jeune fille posa la bouteille de vin sur la table, avec deux verres, et éteignit la lampe. Quand il revint avec les bougeoirs, les flammes dansantes jetèrent des ombres sur les murs.

Il baissa les yeux sur les assiettes.

— Cela semble intéressant. Qu'est-ce que cela peut bien être ?

— Oh, l'une de mes inspirations, répliqua-t-elle avec un geste désinvolte. Evidemment, une artiste est limitée par ce dont elle dispose. On pourrait croire qu'il s'agit de simples spaghetti à la viande, mais ils ont un petit quelque chose en plus... un goût caramelisé.

Il s'assit, avala une bouchée, et déclara :

— En effet, cela change tout.

— Oh, mon Dieu !

Pattie, vivement, goûta le plat à son tour.

— Ce n'est pas mauvais, n'est-ce pas ?

— Mes compliments au chef, répondit-il d'un ton rassurant.

Quand il prit la bouteille de vin, elle demanda avec inquiétude :

— Je n'ai pas choisi quelque chose qui coûte une fortune, j'espère ?

— Je ne possède rien de ce genre, mais, dans le cas contraire, vous auriez eu raison : c'est une occasion !

Sans doute voulait-il parler de leur premier véritable repas ensemble. Si seulement ce dîner pouvait être mémorable pour lui ! Pour elle, il le serait certainement. Peut-être éprouvait-elle une impression purement physique, mais c'était délicieux.

Duncan emplit les verres. La bouteille était à moitié pleine, et la jeune fille expliqua :

— J'ai utilisé le reste pour le dessert. Je ne souhaiterais pas que vous me preniez pour une alcoolique. Après tout, j'ai bu votre cognac.

— C'est vrai. A la sobriété ! dit-il en levant son verre... Vous avez des flammes de bougies dans les yeux.

— Vous aussi.

— Nous brûlons déjà, et la soirée est à peine commencée...

Elle hocha la tête. Elle avait déjà dîné aux chandelles, mais jamais elle n'avait senti son cœur danser de joie comme ce soir. Si, peut-être, quand elle était encore enfant, quand elle croyait encore à la magie. Duncan ne pouvait éprouver la même allégresse, mais il était certainement de bonne humeur.

— Où est le vinaigre ? s'enquit-il. Ou bien s'agissait-il de mon vin ?

Elle avait fait allusion à la betterave en conserve, quand elle avait envisagé de se rougir les lèvres. Elle le lui raconterait un jour. Pour l'instant, elle se contenta de répondre :

— J'ai changé d'avis. On ne parlait pas de vinaigre, dans les papiers qui vous étaient consacrés. On y révélait que vous aimiez l'ail, les saucisses, la purée et les fruits de mer.

— Quoi ?

— C'était dans un article d'un magazine. J'ai sorti votre dossier des archives, quand on m'a chargée d'essayer d'obtenir une interview.

Elle se remémora le papier sur Jennifer Stanley, et se hâta de continuer :

— Je sais toutes sortes de détails sur vous. Votre signe de naissance, par exemple... le lion.

— C'est une pure supposition...

Duncan Keld avait été abandonné, âgé de quelques mois, dans les jardins d'un orphelinat. On l'avait appris aussitôt après le succès de son premier roman.

Pattie demanda d'un ton hésitant :

— Vous arrive-t-il de regretter ?... Je veux dire...

— Aimerais-je avoir une famille ? Non. Ce qu'on n'a jamais eu ne vous manque pas, répliqua-t-il négligemment. Vous n'avez pas retrouvé votre talisman ?

Dans ce cas, elle l'aurait porté, même sur une ficelle si la chaîne avait été brisée.

— Il doit être dehors, rétorqua-t-elle.

Désirait-il lui faire comprendre qu'avoir perdu son père au bout de quinze ans avait constitué un choc plus brutal que si elle ne l'avait jamais connu ? Elle avait envie de lui dire : « Non. Nous avons connu des moments merveilleux, et il m'aimait profondément. Je l'ai toujours su. Peut-être le cœur d'une mère qui abandonne son petit enfant se brise-t-il, mais l'enfant n'aura jamais la certitude d'avoir été aimé »

Duncan, pourtant, ne paraissait pas en avoir souffert. Elle but une gorgée de vin.

— J'ai lu pas mal de choses sur cette maison, déclara-t-elle. L'avez-vous vraiment reconstruite ?

Il regarda autour de lui avec une fierté de propriétaire.

— Je l'ai restaurée. Si vous l'aviez vue ! Encore un an ou deux, et il aurait été trop tard. Je suis arrivé juste à temps. Quand mon premier livre a démarré, j'ai mis tous mes droits d'auteur dans l'entreprise.

— J'aurais voulu être là !

— Moi aussi...

Il la regardait un peu comme si elle s'était trouvée près de lui, pour l'aider à malaxer le ciment, pour lui passer les briques. « Il me laissera revenir », songea-t-elle. Et elle se sentit envahie d'une chaude vague de satisfaction.

— C'est votre résidence secondaire ? s'enquit-elle.

— La principale. Je passe plus de temps à l'appartement, cependant cette maison est mon refuge.

— L'endroit où vous avez la possibilité d'être seul.

Elle s'était introduite dans cette solitude, et, par bonheur, il le lui avait pardonné. Ils étaient maintenant comme un couple de vieux amis. Elle avait l'impression de pouvoir tout lui demander, tout lui dire. Elle aurait même pu tendre la main, toucher la sienne, effleurer cette petite cicatrice en forme de croissant, sur sa joue.

— Mon goût de la solitude, reprit Duncan, date probablement de l'époque où je couchais en dortoir, où je prenais mes repas à une longue table, où il semblait toujours y avoir une foule autour de moi.

— Vous n'aimez pas la foule...

— Oh, la plupart du temps, cela m'est égal d'être bousculé. Je circule beaucoup, je rassemble de la documentation, je rencontre des gens.

Tout cela, Pattie le savait. Cependant, il ajouta :

— Après quoi, je reviens ici.

Et elle eut l'impression de le connaître mieux que tous les autres journalistes qui avaient écrit sur lui.

— Vous recevez des amis ?

— L'été.

Sans doute venait-il seul uniquement quand il avait à

travailler. Lorsqu'on avait montré la maison à la jeune fille, l'été précédent, elle avait aperçu plusieurs voitures.

— Des femmes ? insista-t-elle.

Mais elle regretta aussitôt sa question.

— Oui, naturellement, ajouta-t-elle.

— L'été, répéta-t-il. Peu de femmes accepteraient de séjourner ici en hiver.

Quelle blague, pensa-t-elle. Elle prit un ton significatif pour insinuer :

— La solitude a ses compensations, j'en suis sûre.

— Evidemment, répliqua-t-il, avec un sourire chargé de sens qui la fit rire. Il y a moi...

Au son de leurs rires se mêla la voix du vent qui se levait. Pattie l'avait déjà entendu siffler dans la vaste cheminée et secouer les vitres, mais il gémissait à présent et sanglotait comme une âme perdue.

Elle l'écoutait, la tête penchée, et Duncan, les yeux fixés sur elle, écoutait aussi. Elle murmura enfin :

— On croirait qu'il vient de très, très loin...

Le vent mourut sur un soupir mais, l'instant d'après, il se ranima. Duncan demanda brusquement :

— Que fait votre mère, en Californie ?

C'était une région très lointaine. Un autre monde.

— Elle y vit avec son mari. Il est médecin, et très gentil.

— Un médecin, un expert-comptable...

Il avait l'air de se moquer d'elle.

— Oh, je suis comme vous, rétorqua-t-elle. Jamais malade.

Au cours des dix dernières années, elle n'avait rien eu de plus grave qu'une grippe. Cependant, physiquement, elle était loin d'avoir la vigueur de Duncan. Ni intellectuellement, d'ailleurs.

— Vous les voyez parfois ? s'enquit-il.

— Oui, naturellement. L'an dernier, nous nous sommes retrouvés pendant une quinzaine de jours, dans le midi de la France. Ils se sont mariés deux ans après la mort de mon père.

Les dates et les détails n'avaient sans doute aucun intérêt pour Duncan, pourtant il l'écoutait, les yeux rivés sur elle, et elle se sentit forcée de continuer.

— Elle aimait beaucoup mon père, mais elle a besoin de la présence d'un homme, pour prendre soin d'elle. C'est l'une de ces femmes blondes et fragiles, aux grands yeux bleus ; on a l'impression qu'un souffle de vent l'emporterait. Et elle ne vieillit pas. L'an dernier, on nous prenait pour deux sœurs. L'an prochain, on me demandera si je suis sa sœur aînée, et, quand j'aurai trente ans, on me prendra pour sa mère.

Elle était fière de sa jolie maman qui l'aimait, qui lui écrivait, qui répétait sans cesse que Pattie, chez eux, était chez elle. Après la mort de son père, tout aurait été plus facile pour la jeune fille, si sa mère avait montré plus de force de caractère et moins d'égoïsme, mais personne ne s'y attendait. La vulnérabilité de Barbara Rost faisait partie de son charme, et leurs amis trouvaient tout naturel de constater que la petite Pattie de quinze ans montrait plus d'énergie. Certains remarquèrent que l'adolescente témoignait peu d'émotion ; aucun ne l'avait vu verser une larme. Barbara, elle, pleura beaucoup ; elle eut une dépression nerveuse et s'attira la sympathie de tout le monde.

Pattie reprit en souriant :

— Elle est exquise, vous n'en avez aucune idée.

— Je crois que si, répliqua Duncan, d'un ton quelque peu ironique.

Elle se demanda ce qu'il voulait dire par là.

Les pêches au vin étaient délicieuses. Ils emportèrent ensuite les assiettes dans la cuisine, et les posèrent dans l'évier.

— Elles attendront bien demain, déclara Duncan.

Pattie elle-même n'avait pas envie de faire la vaisselle. Elle désirait continuer à parler ; ensuite, peut-être, il l'embrasserait, et elle n'entendrait plus la chanson désespérante du vent.

La bouteille était vide. Il en ouvrit une autre.

— J'ai assez bu, je crois, protesta-t-elle.

— Vous ne conduisez pas, n'est-ce pas ?

— Non.

Tant pis si elle restait ou non lucide. Si elle était en danger, elle s'en moquait.

Il emporta la bouteille et les verres jusqu'à la cheminée, les posa par terre et s'installa sur la peau de chèvre, le dos appuyé au vieux fauteuil.

— Vous êtes bien ? s'enquit-elle.

— Venez donc me rejoindre.

Il lui tendit la main.

— Vous verrez mieux le feu.

— Les dalles sont dures.

Pourtant, elle s'était elle-même assise sur ce tapis, et il était confortable.

— Vous pourrez vous adosser contre moi.

— Quand je serai ankylosée...

Elle s'assit près de lui, il lui passa un bras autour de la taille, et elle se détendit avec un petit soupir. Au cœur des bûches, elle discernait un labyrinthe flamboyant.

— Distinguez-vous aussi des images dans le feu ? questionna-t-elle.

Il lui renvoya sa question.

— Et vous, qu'y voyez-vous ?

— Un minuscule palais illuminé, d'un rose de coquillage.

Penchée en avant, elle se mit à le décrire : les salles, les couloirs... La chaleur du vin et du feu l'engourdissait ; elle pouvait presque s'imaginer dans ce palais.

— Comment est-ce, chez vous ? demanda Duncan.

— Bien en ordre. Je suis une fille ordonnée, rétorqua-t-elle avec un petit rire.

— Vraiment ?

Sans doute n'avait-elle pas l'air très soignée, pour le moment, mais, depuis longtemps, elle refusait tout désordre. Elle expliqua :

— Après la mort de mon père, nous n'avions pas beaucoup d'argent. Nous ne pouvions pas nous offrir les services d'une femme de ménage, et ma mère était souffrante. Je m'occupais de la maison en rentrant de l'école. C'est devenu pour moi une sorte d'obsession.

Elle ne s'en était jamais rendu compte. Après le remariage de sa mère, après son départ pour les Etats-Unis, elle avait tout simplement continué, d'abord dans un studio, puis dans un appartement plus grand. Au début, il s'agissait d'un effort désespéré pour préserver son foyer; ainsi, si son père revenait un jour, la vie reprendrait comme avant.

— J'ai une passion pour la propreté, poursuivit-elle d'une voix quelque peu tremblante. Voilà pourquoi je supportais si mal de ne pas avoir la possibilité de me laver convenablement. La saleté me rend malade.

— Dans ce cas, venez ici.

Très doucement, il lui essuya la joue avec un mouchoir blanc, et elle y vit une trace de suie.

— Cela m'apprendra à mettre la tête dans la cheminée! plaisanta-t-elle. Oh, je suis bien, ici, ajouta-t-elle en se blottissant contre lui.

Elle avait envie de rester à jamais avec lui dans cette maison. Dehors, il y avait trop de solitude. Durant un moment, ils ne parlèrent plus. Duncan murmura enfin :

— Si nous montions ?

— Oui, s'il vous plaît, répondit-elle tout bas.

5

Le froid les attendait au haut de l'escalier, et, en entrant dans la chambre de Duncan, Pattie fut prise de frissons.

Elle ne réfléchissait plus, elle ne pensait plus. Elle se laissait porter par une vague de sensations pures où n'existait plus aucune tension. Pourtant, elle frissonna encore en retirant ses bottes. A la lumière de la lampe, les vitres étaient d'un blanc brillant, opaque ; on ne voyait ni le ciel ni les étoiles. La jeune fille se déshabilla rapidement, se glissa entre les draps, remonta jusqu'à son menton les couvertures.

Le lit était glacé ; elle claquait des dents.

— On croirait tomber dans une congère. Je pourrais mourir de froid, là-dedans !

— Pas avec moi, dit-il en riant.

La lampe s'éteignit, et elle le sentit qui se couchait près d'elle. Elle n'entendait plus hurler le vent, tant son sang chantait dans ses veines. Le monde entier avait perdu toute existence...

Quand elle s'éveilla, le jour était né. Duncan, redressé sur un coude la regardait. Jamais elle ne s'était sentie aussi heureuse au réveil. Contempler Duncan était en soi un émerveillement.

Ils se sourirent, lentement, comme pour mieux savourer leur joie commune. Il lui posa un baiser sur l'épaule et lui caressa longuement le bras, et elle frémit de tout son corps, se redressa, se demanda quelle heure il était. Les fenêtres étaient toujours givrées.

— Nous pourrions rester bloqués ici éternellement, murmura-t-elle.

— Quelle belle mort !

Il avait grand besoin de se raser, mais elle ne s'en souciait pas. Une joue rêche était aussi très excitante, découvrit-elle en l'embrassant. « Mon Dieu, songea-t-elle, je dois à tout prix reprendre un peu de sang-froid. » Aussi, quand il voulut lui rendre son baiser, s'écarta-t-elle légèrement, pour déclarer d'un ton plaisant :

— Peut-être est-ce le retour de l'âge glaciaire, et nous retrouvera-t-on ici dans une centaine d'années, souriants.

— Cela ferait un beau titre à la une !

Leur haleine gelait en quittant leurs lèvres. Le feu, espéra-t-elle, brûlait encore, en bas.

— Si nous buvions une tasse de café ? suggéra-t-elle.

— J'apprécie le sens pratique, chez une femme !

Il la gratifia d'un autre baiser, très chaste, sur le front. Elle se demanda s'il disait vrai. Il avait dû, un moment, trouver Jennifer Stanley à son goût ; pourtant, si elle était ravissante, elle ne possédait, à la connaissance de Pattie, aucun talent particulier.

Sans doute ne l'avait-il pas revue depuis longtemps ; et, maintenant, elle allait se marier. Peu importait donc sa beauté. Il devait y avoir d'autres femmes, dans le monde extérieur, qui pouvaient se croire des droits sur Duncan, mais, aujourd'hui, rien n'était capable d'inquiéter Pattie.

Il s'habillait à toute vitesse, à cause du froid. Son dos et ses épaules étaient bruns, lisses comme le bronze. Elle voyait jouer les muscles sous la peau et s'imaginait en train de l'enduire de crème solaire, sur une plage bordée de palmiers. Il passa un tee-shirt, noua autour de son cou les manches d'un pull-over, mais elle croyait encore distinguer son corps, à travers les vêtements. Elle soupira et entreprit de s'habiller sous les draps. Il lui adressa un sourire.

— Vous n'avez pas peur d'enfiler quelque chose à l'envers ? s'enquit-il.

— Ce serait une nouveauté.

— Vous vous habillez toujours sous les couvertures ?

— Je ne m'habille généralement pas par des températures inférieures à zéro.

Cependant elle en aurait fait autant par une vague de chaleur. Elle éprouvait encore un reste de timidité, et, quand Duncan descendit au rez-de-chaussée, elle rejeta les couvertures et enfila rapidement ses autres vêtements.

Duncan avait posé plusieurs petites bûches sur les braises, et elles se mirent très vite à pétiller, avant de s'enflammer. Devant le feu, la jeune fille troqua sa chemise contre sa jupe et son pull-over, se réchauffa le visage et les mains puis rejoignit l'écrivain dans la cuisine, où la bouilloire chantait déjà.

Pattie n'avait jamais trouvé un café aussi bon et elle fit claquer ses lèvres, comme un enfant avec une sucette. Elle avait faim, aussi, et respira avec délice l'odeur du bacon qui cuisait.

Duncan se rasait devant l'évier.

— Je ne suis pas grand amateur de petit déjeuner, lui déclara-t-elle. Sauf en vacances, je me contente d'une tasse de café et d'un demi-pamplemousse.

Il lui passa un bras autour de la taille, promena ses doigts sur ses côtes. Elle poussa un petit cri : elle avait oublié qu'elle était chatouilleuse.

— Vous êtes trop mince. Vous avez besoin de vous nourrir.

Elle se demanda s'il préférait les filles plus en chair.

— C'est parce que vous m'avez affamée pendant les deux premiers jours !

Naturellement, elle plaisantait ; elle n'avait pas mangé parce qu'elle n'avait pas faim. Elle avait maintenant retrouvé son appétit et elle fit cuire des œufs, avec le bacon.

— C'est votre faute, répliqua-t-il. Que redoutiez-vous de moi, si je vous prenais à fouiller dans les placards ?

Elle avait été obstinée, furieuse. Et épouvantée.

— Vous m'en vouliez, répondit-elle. Parce que j'étais venue ici, et à cause de ce potin, dans le journal.

Elle le vit, dans la glace, froncer les sourcils, sans toutefois cesser de se raser. Elle se mordit les lèvres et s'enquit :

— L'a-t-il vraiment abandonnée à cause de cela ?

— Oui. Cela a déclenché une querelle qui a tout démoli. Sa famille à lui était très collet monté. Ils ont tous fait pression sur lui.

Elle retint les questions qu'elle avait envie de poser : combien de temps avait duré sa liaison avec Jennifer ? S'étaient-ils vraiment aimés ? L'avait-il revue, depuis ? Jamais, elle le sentait, elle ne pourrait s'immiscer dans cette partie de sa vie, et sa curiosité présentait un danger. Il se refermerait, les barrières renaîtraient entre eux, et cette délicieuse intimité prendrait fin. Alors, elle poursuivit :

— Pour elle, c'était un bon débarras, vous ne croyez pas ? Un homme qui permet à sa famille de se dresser contre sa fiancée… Si elle l'avait épousé, elle l'aurait sans doute regretté…

— C'est possible, rétorqua Duncan entre ses lèvres serrées.

C'en était fini de ce sujet, et, s'ils l'abordaient à nouveau, ce ne serait pas par la faute de Pattie. Elle ne demandait qu'à l'oublier.

Elle acheva de préparer le petit déjeuner, Duncan s'essuya les joues, et ils emportèrent tout le nécessaire dans la grande pièce pour manger devant le feu.

Il exhiba un petit poste de radio, et elle s'écria :

— Je ne savais pas que vous en aviez un !

— Vous ignorez bien des choses à mon propos, mon ange.

Il badinait, pourtant c'était vrai. Ils écoutèrent le

bulletin d'informations de neuf heures. Pattie fit la grimace.

— Cela ne s'arrange pas, n'est-ce pas ?

— Non, pas beaucoup.

« Moi, pensa-t-elle, je me suis arrangée, au cours de ces deux derniers jours. » Elle avait besoin de se faire coiffer, de se maquiller, de changer de vêtements, mais tout cela était superficiel. Ce qui comptait, c'était ce qui se passait en elle-même : elle n'avait jamais été aussi heureuse, aussi solide, aussi vivante.

Les prévisions météorologiques annonçaient de la neige, avec le chaos habituel sur les routes et les voies ferrées. Des villages entiers étaient isolés ; les fermiers tentaient désespérément de sauver leur bétail. Toutefois, on prévoyait un dégel.

— Dieu merci ! s'exclama Duncan.

Et Pattie sentit le cœur lui manquer.

Ses voisins, sur la lande, étaient des fermiers, et Duncan se mettait à leur place. Cela, elle pouvait le comprendre. Cependant, tout en se lamentant sur les épreuves et les soucis de ces malheureux, elle aurait aimé que la neige persiste pendant quelques jours encore. L'écrivain était là pour travailler ; peu lui importait d'être bloqué. Mais il s'attendrait à la voir partir, dès que la route serait ouverte. Oui, certainement. Pourtant, s'il l'en priait, elle serait prête à rester plus longtemps...

Le petit déjeuner fini, la jeune fille déclara :

— La musique vous gênerait-elle ? Je vous en prie, dites-le-moi franchement.

— Si cela me gênait, je n'aurais pas apporté ce poste. Vous n'êtes pas de ces filles qui montent le son au maximum, n'est-ce pas ?

Elle secoua la tête, et il ajouta :

— Non, bien sûr.

— Je suis du genre tranquille, voulez-vous dire ? Un peu sotte ?

Elle n'avait jamais été sotte, bien au contraire. Néanmoins, elle s'était toujours montrée calme, réservée. Tout en riant, elle se demandait quelle opinion il avait d'elle.

— Je désirais seulement dire que rien ne clochait chez vous : ni vos oreilles, ni vos yeux, ni votre esprit. Non, rien.

— Merci, répondit-elle modestement. Vous me semblez vous aussi à peu près parfait.

— Certes, madame...

Il rassembla les assiettes pour les emporter dans la cuisine et, au passage, se pencha pour lui poser un baiser sur le bout du nez.

— Et vous n'avez encore rien vu !

— J'ai hâte de voir ! répliqua-t-elle, avec un air innocent qui le fit rire.

— Vous me tentez, je vous assure, mais le travail...

— Oh oui ! Laissez-moi porter ces assiettes. Faites comme si je n'étais pas là : j'aurai moins l'impression d'avoir bouleversé votre emploi du temps en vous imposant ma présence.

Elle aurait été ravie de l'entendre lui déclarer : « Je n'ai pas envie de travailler. Je préfère bavarder avec vous. » Plus encore, s'il l'avait prise dans ses bras, s'il l'avait embrassée pour de bon : le dégel était annoncé, et leur solitude à deux était menacée. Cependant, il se contenta de la regarder avec une expression indéchiffrable, et traversa la pièce pour s'installer à sa table.

Dans la cuisine, elle réfléchissait à cette expression. Elle lava la vaisselle du petit déjeuner, fit sa toilette, se coiffa. Le visage de Duncan était généralement plutôt impassible, mais, elle en était presque sûre, cette expression-là avait été à mi-chemin entre la tendresse et l'amusement.

Il n'y avait encore aucun signe de dégel. Quand Pattie enfila la veste en peau de mouton pour sortir, la neige restait dure, et le vent mordant. C'était dans ces parages qu'elle avait perdu son pendentif. En reprenant quelques bûches, elle examina le sol, autour d'elle, et le tas de bois, en vain. Bah, le bijou finirait par reparaître, et la neige ne pouvait pas l'abîmer.

Si seulement Duncan avait pris un moment de récréation ! Ce matin-là, tout paraissait plus net, plus brillant, plus excitant. Elle aurait aimé être en sa compagnie. Elle aurait aimé fabriquer un bonhomme de neige, se battre à coups de boules de neige. Du bout de la pelle, elle traça deux cœurs entrelacés et, d'un doigt, inscrivit ses propres initiales dans le premier, et « D. K. » dans le second. Mais cela était bêtement sentimental, et elle effaça le tout. Pourtant, elle sourit. Elle songeait : « Je ne suis pas seulement folle de lui, je commence à l'aimer vraiment. Que vais-je faire pour le dîner de ce soir ? »

Dans la cuisine, elle se sentait maintenant une âme de propriétaire. Tout en fouillant dans les placards, à la recherche des ingrédients nécessaires à la confection de croquettes au thon, elle fredonnait doucement les chansons que la radio diffusait en sourdine. Elle éplucha deux grosses pommes de terre, prépara une mousse, avec une boîte de lait condensé et une boîte de fraises. Il lui fallut un long moment : en guise de fouet, elle disposait seulement d'une fourchette. Cependant, elle n'était pas pressée. Elle mit la mousse à refroidir dans la neige. Quand ils seraient de retour à Londres, elle inviterait Duncan et lui servirait un repas savoureux. Et elle s'habillerait avec soin ; elle aurait une robe neuve. Il n'en reviendrait pas : jamais il ne l'avait vue dans toute sa splendeur.

Elle rêva énormément, ce jour-là. Rien ne lui semblait impossible, et toutes ses pensées tournaient autour de Duncan. Sur sa demande, il avait laissé sur le fauteuil un bloc de papier et un stylo-feutre. Assise auprès du feu, Pattie essaya de travailler un peu, mais écrire à la main la ralentissait, et elle n'avait pas une idée bien claire de ce qu'elle désirait dire. Elle était venue interviewer l'écrivain, mais elle ne pouvait pas entreprendre son article : il s'en douterait, et serait aussitôt sur la défensive. Elle ne voulait pas rédiger de notes à son propos. Ce qu'elle avait appris sur Duncan, elle n'en parlerait jamais à qui que ce soit.

Elle se contenta donc de rédiger quelques lettres à des amis, sans même préciser l'endroit où elle se trouvait : sinon, elle aurait dû dire avec qui elle était, et elle préférait ne jamais rien révéler de ce séjour. Si elle avait été capable de réfléchir logiquement, elle aurait compris qu'elle n'avait aucun moyen de retourner au monde civilisé sans qu'on lui pose des questions. Pourtant, elle écrivait comme si elle était dans son appartement ou au journal.

Même la lettre à sa mère donnait l'impression que le temps s'était arrêté à un moment quelconque de la semaine précédente. Ses lettres destinées à la Californie étaient toujours soigneusement censurées. « Votre mère est extrêmement sensible », lui avait-on expliqué, quand Barbara avait eu une dépression nerveuse, après la mort de son mari. Et Pattie ne lui racontait jamais rien qui puisse la troubler.

Certes, la situation présente n'avait rien d'inquiétant, mais elle ne voulait se confier à personne. Pas encore. Elle jeta un coup d'œil à Duncan, et se rappela les mots d'un critique, à propos de son dernier ouvrage : « un écrivain d'une puissante passion ». Cela s'appliquait aussi à l'homme lui-même.

« Cher Duncan, écrivit-elle, merci pour votre hospitalité. J'ai pris plaisir à faire votre connaissance. Un plaisir incroyable, fantastique. Si l'on m'annonçait que je vais devoir rester ici, avec vous, pour toujours, j'en serais heureuse : je ne vois rien, hors de cette maison, susceptible de me donner autant de bonheur. Voilà pourquoi, je crois, je vous aime... »

Elle leva de nouveau les yeux, rencontra le regard de son compagnon, lui sourit, se détourna. Elle changea de feuillet. « Chère Joan, quel sale temps, Seigneur !... » Un instant après, à la dérobée, elle déchira sa lettre à Duncan, en fit une boulette bien serrée, et la jeta au feu.

Le menu du déjeuner fut identique à celui de la veille :

sandwichs au fromage et café frais. Comme la veille, Duncan la remercia d'un rapide sourire. Elle faillit lui demander : « Et si vous preniez l'après-midi ? Nous pourrions aller nous promener, ou rester à la maison. Nous trouverions certainement quelque chose d'intéressant pour occuper notre temps. »

Mais, déjà, il s'était remis au travail. Pattie revint près du feu et y entassa des bûches, jusqu'au moment où des gerbes d'étincelles jaillirent dans la cheminée. « Non, décida-t-elle, je ne suis pas amoureuse. Ce serait stupide : vous n'êtes visiblement pas fou de moi. Cependant, vous me plaisez plus qu'aucun autre homme, et, un jour, nous nous aimerons peut-être. Pour l'instant, je dois me contenter de ce que j'ai. »

L'après-midi, elle fit des réussites, assise sur la peau de chèvre, les cartes étalées devant elle, sur les dalles. La mère de Michael adorait les patiences. Elle avait donné une leçon à Pattie, un samedi pluvieux où Michael avait amené la jeune fille chez lui. Pattie avait d'abord avoué son ignorance de ce jeu ; ensuite, elle avait offert de tirer les cartes : elle avait écrit, la semaine précédente, un article sur les cartomanciennes. La mère de Michael s'y était toutefois fermement opposée : c'était, avait-elle déclaré, jouer avec les forces de la nature. Pattie sourit à ce souvenir.

Michael et ses parents verraient sans doute en Duncan une force de la nature ; trop de vigueur, trop de talent pour leur goût. En tout cas, savoir faire des réussites se révélait maintenant fort utile. Michael n'aurait sans doute pas reconnu Pattie. De son côté, elle s'en aperçut tout à coup, elle se rappelait à peine son visage.

Elle s'apprêtait à poser une carte sur une autre quand elle se figea, les sourcils froncés. Voyons, elle allait certainement retrouver les traits de son ami. Elle tenta de l'évoquer, dans toute son irréprochable élégance, et elle y parvint. Néanmoins, durant un instant, il avait été simplement une ombre, comme si elle ne l'avait pas vu depuis dix ans...

Elle prit tout son temps pour préparer le dîner. Elle avait hâte de voir la montre de Duncan, posée sur la table de la cuisine, marquer sept heures : il cesserait alors de travailler.

Elle ajouta un peu de curry à la soupe aux lentilles en conserve, pour lui donner un goût différent. Elle coupa les pommes de terre en deux, les couvrit de beurre, les sala, les saupoudra de moutarde sèche et les mit à cuire au four. Elle passa ensuite soigneusement à la poêle les croquettes de poisson découpées en forme de cœurs.

Cependant, quand elle alla chercher la mousse aux fraises, elle eut une très mauvaise surprise. Quelque chose était passé par là avant elle. La jatte était renversée, le contenu déjà bien entamé, et il y avait partout des traces de pattes. Un chat sauvage, un renard ? Un animal affamé, en tout cas.

— J'aurais dû te laisser autre chose, et garder la mousse dans la cuisine, murmura-t-elle, en regardant les traces qui se perdaient dans les collines.

Elle rentra dans la cuisine, et ouvrit une boîte de gâteau de riz.

Quand la nuit tomba, elle alluma les lampes et enfila la chemise de Duncan : elle s'y sentait plus séduisante.

A sept heures moins dix, elle posa les doigts sur l'épaule de l'écrivain. A ce simple contact, un flot de chaleur l'envahit, et elle ôta sa main à regret.

— Tout est prêt, annonça-t-elle. Malheureusement un renard a mangé la mousse.

— Qui a mangé quoi ?

Elle sourit.

— La mousse aux fraises. C'était le dessert, mais je l'avais mise à refroidir dehors, et, à mon avis, il s'agit d'un renard. Vous n'avez pas de yétis, par ici, n'est-ce pas, avec de toutes petites pattes ?

Il éclata de rire.

— S'il y en a, c'est un temps à les faire sortir de leurs tanières.

Il rangeait ses papiers dans un tiroir. Pattie demanda

90

— De quoi parle votre livre ?

— Je vous en enverrai un exemplaire.

Elle aurait souhaité connaître le sujet dès maintenant. Elle avait lu un seul roman de lui, mais de retour chez elle, elle les lirait tous.

Il referma le tiroir, rabattit le couvercle de la machine à écrire, la posa par terre, près du mur.

— Qu'avez-vous écrit ? questionna-t-il.

— Des lettres.

Le vent était tombé. Le dégel avait peut-être commencé. Elle devrait bientôt s'en aller...

— Avez-vous envie d'écouter le bulletin d'informations ? proposa-t-elle.

— Pas particulièrement.

Une heure plus tôt, elle avait éteint la radio, cependant, à présent, elle aurait voulu meubler le silence qui annonçait la fonte des neiges. Elle sélectionna un programme musical, le laissa se dérouler en sourdine. Duncan alla se laver, et elle mit le couvert, puis alluma les bougies.

Celles-ci avaient brûlé à moitié, la veille au soir. S'éteindraient-elles d'elles-mêmes, cette fois ? Elle apporta les bols de soupe, et s'installa en face de Duncan.

— Cela pourrait devenir une habitude difficile à perdre, murmura-t-il.

« Oh, je l'espère », pensa-t-elle avec ferveur. Il versa le vin dans les verres, et sourit à la jeune fille. Elle se sentait chez elle, dans cette maison plus que dans son propre appartement. En même temps, elle était envahie d'un désir passionné pour l'homme assis en face d'elle.

Il la désirait, lui aussi. Elle le lisait dans son regard. Leurs sourires, leurs propos paraissaient contenir un sens caché. Pourtant, le repas se passa dans les éclats de rire. Duncan lui conta certaines des catastrophes survenues durant la restauration de la maison. Il lui décrivit les hommes qui l'avaient aidé : Joe, malin comme un furet, avec ses cheveux roux ; Bert, le briquetier, solide comme un tank, dont la femme était partie pour s'engager dans l'armée ; et Tom, Dick et Jerry. A cette époque, il s'était lié d'amitié avec la famille de la ferme la plus proche, qui lui avait prêté un tracteur. En apprenant à le conduire, il avait démoli un mur dont la dernière brique avait été posée cinq minutes plus tôt.

Pattie lui parla de ses premières tentatives de décoration. Pour le Noël qui avait suivi la mort de son père, elle avait pensé égayer un peu sa mère en repeignant les murs de la salle de séjour. Elle recruta deux amies de collège, et les trois adolescentes réussirent à se couvrir tout entières de peinture. A ce souvenir, elle fut prise de fou rire.

— Quand nous avons attaqué le plafond, la peinture nous dégoulinait sur la tête. Nous avons mis des foulards. Sarah, qui était une fille à catastrophes, était en haut de l'escabeau. Son foulard lui a glissé sur les yeux, et elle est tombée, sans lâcher le pot de peinture. Il nous a fallu des heures pour la laver et nettoyer le tapis, mais, le soir, tout était fini.

— Et votre mère a été contente ?

Elle recommença à rire.

— Voilà le plus beau : elle n'a rien remarqué ! J'avais pourtant modifié la couleur : corail au lieu de blanc. Elle était sortie avec des amis et, en rentrant, elle est allée tout droit se coucher. Le lendemain était un dimanche. A l'heure du thé, finalement, j'ai attiré son attention sur le changement, et elle a trouvé cela charmant. Naturellement, j'ai dit aux autres qu'elle avait été émerveillée.

Tout en bavardant, elle faisait des gestes. Duncan lui prit la main, enlaça ses doigts aux siens, paumes jointes. De nouveau, elle sentit passer entre eux ce courant de chaleur et de force. « Nous sommes ensemble comme deux arbres dont les racines sont unies, songea-t-elle. Je pourrais grandir avec lui... »

— C'était très amusant, ajouta-t-elle.

— Oui, bien sûr, répondit-il.

Cependant il paraissait savoir pourquoi elle avait choisi Noël pour transformer la maison. Jamais, sauf l'année précédente, son père n'avait manqué de revenir pour cette fête. Il était mort, elle le savait, mais elle ne pouvait l'accepter. Pattie, en travaillant, avait plaisanté avec ses amies, néanmoins, pour elle, ce jour avait été cruel.

— Venez-vous parfois ici, pour Noël ? demanda-t-elle.

— Non.

Elle avait toujours passé ce jour avec des amis, le dernier chez les parents de Michael. Elle imaginait cette maison avec un grand feu de bois, et un sapin étincelant.

— Ce serait fabuleux, murmura-t-elle.

— En bonne compagnie, oui...

Serait-elle là pour le prochain Noël ? Elle y croyait presque. Il se leva.

— Prenons le café près du feu.

— Je vais le faire.

— Vous avez déjà préparé le repas. Je me charge du café ; c'est la répartition des tâches.

Elle lui fit la grimace.

— Vous avez dû dire cela, je parie, avant de démolir le mur avec le tracteur !

Ils débarrassèrent la table. Pattie laissa Duncan dans la cuisine, regagna la salle de séjour, et ôta ses bottes qui commençaient à la blesser. Installée sur le tapis, devant le feu, elle remit une grosse bûche dans l'âtre, et la regarda flamber.

Elle aimerait passer Noël dans cette maison, près de Duncan. Avec la famille de Michael, tout était minutieusement organisé, depuis le matin jusqu'au soir : les cadeaux, les réceptions... et tout était de très bon goût, parce que c'était la mère de Michael qui s'occupait de l'organisation. Pattie avait acheté des présents extravagants, s'était montrée très reconnaissante, mais avait été soulagée de repartir.

Cela datait du mois précédent ; il restait encore près d'un an avant le prochain Noël. Elle se demanda ce que lui réserverait cette année.

Duncan apporta deux tasses de café. Elle ramassa le jeu de cartes, et proposa :

— Voulez-vous que je vous tire les cartes ?

— Si vous y tenez.

— Vous n'êtes pas superstitieux ?

— Non.

Non, naturellement. Elle le voyait mal toucher du bois, éviter les échelles. Sa force et son talent étaient sa chance. Elle-même n'était pas davantage superstitieuse. Le pendentif, c'était tout autre chose : le dernier cadeau de son père.

— Très bien, déclara-t-elle. Je vais les tirer pour moi.

Duncan s'installa dans le fauteuil. Pattie, toujours sur son tapis, se distribua cinq cartes, dans un grand geste. Après quoi, le bout des doigts sur les tempes, elle ferma les yeux, respira profondément.

— J'appelle les puissances, expliqua-t-elle.

— Méfiez-vous, conseilla-t-il. Un yéti pourrait bien vous répondre.

Une faible plainte venait de la cheminée : le vent s'était de nouveau levé. Pattie psalmodia :

— Je vous entends. Que prédisent les cartes ?

Elle retourna un trois de cœur.

— Une bonne petite carte ; le trois annonce des lettres...

— Je l'ignorais.

— Restez avec moi : vous apprendrez bien des choses...

— Vous vous vantez encore !

« C'est vrai, je suis incapable de vous apprendre quoique ce soit, pensa-t-elle, mais c'est merveilleux de rire avec vous, et je ne donnerais pas ma place pour un empire ! »

La carte suivante était le valet de carreau. Elle la brandit à bout de bras.

— Alors ? questionna Duncan.

— Un homme... Ni bon ni mauvais.

— Michael ? suggéra-t-il.

— Peut-être, cela lui ressemble assez.

Il jeta un coup d'œil sur la carte.

— Pas possible ! railla-t-il.

— Symboliquement ! En réalité, Michael me ressemble un peu, physiquement.

Elle vit Duncan froncer les sourcils.

— Il a la même forme de visage, les mêmes cheveux. Et nous avons aussi des tas de goûts semblables.

— Ce n'est pas ennuyeux ? s'enquit-il.

Elle hésita. Quelques jours plus tôt, elle aurait répondu : « Pas du tout. » A présent, elle était d'un avis contraire. Jamais de discussions, jamais de réactions un peu vives. Elle haussa les épaules.

— Cela doit convenir à Michael. Lui et moi faisons la paire, il le répète sans cesse.

— Comme deux serre-livres, rétorqua-t-il.

Elle sourit, tout en protestant :

— Nous nous rencontrons régulièrement depuis un certain temps déjà.

Mais Michael ne savait pas tisser des charmes, comme Duncan.

Les bras autour de ses jambes, le menton posé sur ses genoux, elle contemplait le feu. Elle revoyait sa dernière rencontre avec Michael.

— En partant de chez moi, je n'avais pas l'intention de venir ici, expliqua-t-elle. Michael était pour quelques jours dans les Cotswolds, pour affaires. Je voulais arriver à son hôtel et le surprendre. J'ai pris une chambre, et je suis descendue à la salle à manger.

Elle retourna une autre carte, fit la grimace devant le six de pique. Duncan demanda :

— Il n'était pas seul ?

Elle secoua la tête.

— Rien d'aussi dramatique. Il dînait avec deux autres hommes et il ne m'a pas aperçue. Je l'observais, je n'avais pas envie de m'avancer vers lui. Je suis remontée dans ma chambre et, le lendemain matin, je suis partie sans l'avoir revu... Franchement, j'ignore pourquoi j'ai eu l'idée de pousser jusqu'ici pour tenter de vous interviewer. J'avais appelé votre appartement à Londres, et un monsieur m'a dit que vous étiez ici.

— Harry, sans doute. Sa femme et lui sont les gardiens de l'immeuble.

Le vent s'était bien réellement remis à souffler. On l'eût dit pris au piège dans la cheminée.

— Comment avez-vous découvert la maison ? Ce n'est pas très facile.

— J'étais passée par ici, l'été dernier, en vacances.

— Avec Michael ?

Il ne souriait pas, mais semblait amusé. Sans doute ses relations avec Michael lui apparaissaient-elles comme une sorte de plaisanterie. Ce n'en était pourtant pas une. Elle n'avait pas souvent ri.

— J'étais avec des collègues, répondit-elle. L'une d'elles m'a montré le pavillon de chasse ; j'ai la mémoire des lieux et le sens de l'orientation.

— Vous savez toujours où vous allez ?

Elle leva vers lui des yeux brillants.

— Dans la vie, vous voulez dire ? Cela, c'est autre chose. Et vous ?

— Oui, je crois... Sauf imprévu.

L'imprévu, pour elle, s'était produit quand elle avait égaré son pendentif, quand elle s'était retrouvée en larmes dans les bras de Duncan Keld. Dès lors, tout avait changé. Elle ne serait heureuse, elle en était sûre maintenant, que s'ils faisaient route ensemble. Elle agita les mains au-dessus des cartes, en psalmodiant :

— Consultez l'oracle, et votre route s'éclairera !...

Bouleversée par cette certitude nouvelle, elle bouffonnait pour cacher son trouble. Elle retourna un dix de pique, et frissonna.

— Oh, quelle horreur !

— Battez de nouveau les cartes, suggéra Duncan.

Elle prit un air scandalisé.

— Impossible. Ce serait une tricherie !

Par chance, elle n'y croyait pas. Cette carte était un mauvais présage, et elle la considérait avec répugnance. Il la lui arracha des doigts.

— Ne vous laissez pas influencer par un bout de carton !

Puis il la jeta au feu.

— Voilà, vous avez dépareillé le jeu, maintenant !

Elle regardait la carte s'enflammer, mais, soudain, elle se retourna vers son compagnon.

— Qu'est-ce que c'est ? Pas le vent...

Le grondement, dans le conduit, devenait un rugissement mêlé de crépitements.

— Il y a le feu dans la cheminée !

Déjà, il avait bondi sur ses pieds. Le premier bloc de suie enflammée tomba, suivi aussitôt de plusieurs autres, qui rebondissaient comme des globes de feu sur les bûches empilées dans l'âtre. La peau de chèvre commençait à fumer ; il la roula rapidement, la poussa de côté, avant d'éloigner du feu tout ce qui pouvait brûler ; le fauteuil, les coussins. Quant à Pattie, elle dispersa à travers la pièce les bûches si soigneusement entassées par ses soins.

La cheminée crachait des bouffées de fumée âcre. Lorsque la jeune fille toucha la pierre du manteau, elle lui parut chauffée à blanc. Elle retint son souffle pour jeter un coup d'œil dans le conduit.

— Ôtez-vous de là, petite sotte ! rugit Duncan.

Il l'écarta pour déverser un seau de neige sur les flammes qui sifflèrent, crépitèrent et se remirent à brûler de plus belle.

— C'est ma faute, ma faute ! se lamenta Pattie.

— Taisez-vous donc.

Il ressortit précipitamment. La suie tombait toujours, et ils disposaient d'une seule source d'eau : la neige. Pattie saisit la bassine à vaisselle et se précipita dans la cour. Dehors, on se serait cru devant un feu d'artifice : des flammes et des étincelles jaillissaient de la cheminée, des étoiles flamboyantes retombaient sur la neige. Elle emplit la bassine, rentra en courant la vider, ressortit, revint, hurla au passage à Duncan :

— Que pouvons-nous faire d'autre ?

— Rien, sinon éteindre les blocs de suie au fur et à mesure qu'ils tombent, et laisser le reste se consumer dans la cheminée.

— Et si nous montions sur le toit ?

Pour toute réponse, il renifla avec exaspération. C'était une question idiote : il n'y avait probablement pas d'échelle, le toit devait être une véritable patinoire, et que faire, sans eau, sans tuyau d'arrosage ?

Ils parvinrent finalement à mouiller suffisamment le bois resté dans l'âtre. Ils installèrent le pare-feu pour retenir les chutes de suie, et montèrent la garde avec leurs récipients pleins de neige.

— J'ai brûlé trop de bûches, gémit la jeune fille. Je suis terriblement désolée…

L'écrivain lui sourit.

— Vous ne faites pas les choses à moitié, n'est-ce pas ? On va sans doute voir cela du bourg, et croire que nous envoyons des fusées de détresse.

— Vraiment ?

— J'en doute.

Les dalles étaient inondées de neige fondue. Rien, dans la pièce, ne risquait plus de prendre feu.

— Pensez-vous que la charpente risque de s'enflammer ? s'enquit Pattie.

— Remercions le ciel de ne pas être sous un toit de chaume. Les cartes ont tardé à nous avertir !

— J'étais bel et bien dans une mauvaise passe, répliqua-t-elle, les yeux fixés sur le jeu éparpillé, trempé. Et maintenant, je ne saurai jamais ce qu'était la dernière carte.

Dans l'âtre, le feu était devenu une masse noire et ruisselante. Tout, semblait-il, était envahi par la fumée et la vapeur, mais la suie enflammée avait cessé de tomber. Duncan s'approcha de la cheminée, renversa la tête en arrière.

— Vous m'avez ordonné de ne pas rester là, marmonna-t-elle. Sans doute la sottise n'est-elle pas l'apanage des femmes.

— C'est presque fini, répondit-il en souriant. Vous devriez vous voir !

Le danger était passé, il plaisantait ; elle en fut soulagée. Elle se précipita dans la cuisine, en revint avec la petite glace, la lui présenta. Les dents de Duncan étincelaient dans un visage noir de suie ; ses cheveux se dressaient sur sa tête comme s'ils avaient servi de hérisson pour nettoyer la cheminée. Il se laissa tomber sur un genou, les bras grands ouverts, et se lança dans une assez bonne imitation d'Al Johnson, le chanteur noir.

Quand il se releva, elle était la proie d'un énorme fou rire, mais cela ne dura guère. Toute la pièce était dans un état épouvantable, et le feu couvait peut-être encore dans la charpente.

— Par ma faute, l'incendie aurait pu tout détruire, déclara-t-elle sourdement.

— J'aurais dû faire ramoner la cheminée depuis longtemps. Toute cette suie ne venait pas de vous, vous savez.

Il ne désirait pas l'accabler, cependant elle éprouvait encore le besoin d'être rassurée.

— Tout ira bien ? Rien ne risque plus de s'enflammer ?

— Non, je ne crois pas. Mais il faudra attendre une heure ou deux avant de rallumer le feu, et il va faire très froid, ici.

Pattie était déjà secouée de frissons, en partie sous l'effet de la réaction nerveuse. De plus, elle avait couru dans la neige sans ses bottes. Cela, c'était de l'affolement : elle n'avait même pas pris le temps de se chausser. Elle était à présent obligée d'ôter son collant et d'enfiler ses bottes. Pour l'instant, elle s'approcha péniblement du fauteuil et s'y effondra, la tête entre ses mains.

— Je n'aurais pas supporté, murmura-t-elle, qu'il arrive quelque chose à cette maison...

— Buvez cela, ordonna Duncan.

Elle regarda le verre, et secoua la tête.

— Je n'en veux pas tant...

Mais il lui tendait toujours le verre. Il en avait un autre en main. Trop ébranlée pour discuter, elle finit par accepter et avala l'alcool à grandes gorgées brûlantes. Elle avait bien besoin d'un remontant.

Duncan s'assit près d'elle, dans le grand fauteuil, et elle se blottit contre lui, heureuse de se retrouver dans ses bras, alors que cette mésaventure aurait pu les séparer. Certes, elle n'était pas entièrement responsable, mais, depuis son arrivée, elle avait entretenu un feu d'enfer. Si la maison avait brûlé, tout aurait été différent, évidemment. Elle imagina des ruines calcinées et noircies, sur la blancheur des collines. Elle posa la tête au creux de l'épaule de Duncan, et respira une odeur de suie et de laine roussie.

Cependant, le cognac lui donnait sommeil. L'écrivain murmura :

— Nous aurions plus chaud là-haut.

— Je pourrais dormir un mois, répondit-elle.

Elle se leva en chancelant, et gravit les premières marches, les yeux à demi fermés.

Duncan dut la prendre dans ses bras, puisqu'elle se retrouva dans la chambre sans avoir fait d'effort. Sous sa joue, l'oreiller sentait la propreté. Sa dernière pensée consciente fut : « Toute cette suie, sur nous... Comment vais-je faire pour laver les draps ? »

6

Quand Pattie s'éveilla, sa tête était douloureuse ; le cognac, sans doute, et la fumée aussi. Elle entrouvrit les yeux, les referma aussitôt, les rouvrit. Duncan était au pied du lit, habillé, rasé de frais, les cheveux humides comme s'il les avait lavés.

Il arborait un large sourire qui froissa la jeune fille : elle se sentait si mal en point ! Néanmoins, elle lui rendit son sourire, et il demanda :

— Qu'est-ce qui vous causerait le plus grand plaisir ?

La voix de Pattie, comme son sourire, était tremblante.

— Etonnez-moi...

— Un bain chaud !

— Cela ne vient qu'en second lieu... dit-elle d'un ton plus assuré.

— Ah, vous êtes adorable !

Il s'approcha, l'embrassa, et elle se sentit mieux.

— Je voudrais d'abord deux aspirines, murmura-t-elle contre ses lèvres. J'ai la bouche pâteuse et une migraine épouvantable !

Il éclata de rire.

— Et moi qui croyais passer en premier !

— Pas pour le moment. Vous m'avez fait prendre trop de cognac, et j'avais déjà bu du vin.

— Un traitement de choc. Vous en aviez besoin !

Il riait toujours. Le cœur battant, elle se rejeta sur l'oreiller.

— Ce n'était pas un cauchemar, n'est-ce pas ? Nous avons bien eu un incendie ?

— Un feu de cheminée, oui.

— Comment est-ce, en bas ?

Elle en avait une idée assez nette.

— Tout est en ordre, déclara Duncan.

— Depuis combien de temps êtes-vous debout ?

— Une heure ou deux.

Il lui apporta deux comprimés avec un demi-verre d'eau, et elle avala le tout.

— Rendormez-vous, lui ordonna-t-il.

Elle aurait dû se lever, elle le savait, cependant, elle ne serait pas bonne à grand-chose. Avec un murmure d'excuse, elle retomba dans le sommeil.

Quand elle se réveilla, le mal de tête avait disparu. Elle se redressa, vit l'oreiller souillé de suie et se sentit horriblement sale. Sa chemise était constellée de minuscules brûlures causées par la pluie d'étincelles. Elle se passa les mains dans les cheveux, et des fragments roussis lui restèrent entre les mains. Elle rejeta les couvertures et grimaça.

Elle portait encore le collant avec lequel elle avait couru dans la neige. Elle s'en débarrassa, enfila une paire de chaussettes de laine trouvée dans la commode, et descendit ainsi. Elle ne s'attendait pas à retrouver la pièce dans l'état désastreux où elle était la veille, mais elle ne pensait pas non plus lui voir un aspect normal. Le feu brûlait joyeusement. Pas la moindre trace, pas la moindre odeur de suie.

De la cuisine, Duncan cria :

— Café ?

— Oh, oui, s'il vous plaît. Et vous m'avez bien parlé d'un bain chaud ?

Il se mit à rire.

— Vous vous sentez en forme pour le prendre ?

— Cela vaudrait mieux. Regardez-moi plutôt. Et votre lit est répugnant...

— Ce n'est pas très gentil. Un homme pourrait faire des complexes, à vous entendre.

— En tout cas, la plus grande partie de la suie est passée sur vos draps. Vous en avez de rechange ?

— Plusieurs paires.

— Dieu soit loué !

La bouilloire et une grande bassine chauffaient sur le fourneau ; la baignoire en fer-blanc était sortie de son placard.

— Vous pourrez vous baigner devant le feu, suggéra Duncan.

Elle ne parvenait plus à cesser de sourire.

— Vous êtes si bon pour moi !

— Oui, n'est-ce pas ?

Il lui tapota la joue. Prise d'une faiblesse à son contact, elle dut se retenir à la table.

Elle but son café pendant qu'il emportait la baignoire dans la grande pièce, et y versait l'eau bouillante. Il posa sur le fauteuil une grande serviette blanche et du savon. Enfin, il apporta une pleine bassine de neige.

— Mettez l'eau à la bonne température. Vous n'auriez pas mieux dans un hôtel de luxe.

— Je n'aurais certainement pas un meilleur service, en effet, plaisanta-t-elle.

Elle ôta ses chaussettes, entreprit de refroidir l'eau avec des poignées de neige. Elle hésitait à se déshabiller. Pourtant, l'écrivain ne la regardait pas : toute son attention était concentrée sur ses papiers. Après tout, peut-être, tout le monde se baignait-il ainsi dans cette maison, même les visiteurs.

Une fois dans l'eau, elle se savonna tout entière, y compris les cheveux. Pour la première fois, elle avait le loisir d'examiner les ecchymoses laissées par l'accident de voiture. Elle s'attendait à en trouver davantage. Son bronzage pâlissait ; à son retour à Londres, il lui faudrait des séances supplémentaires au solarium. Elle se demanda si la peau de Duncan devait sa teinte au chaud soleil d'outre-mer, ou bien s'il était naturellement brun. Un peu de sang gitan, peut-être, ou espagnol.

L'eau commença bientôt à refroidir. Elle ne voulait pas déranger Duncan en le priant de lui en apporter de la chaude. Elle sortit de la baignoire, s'enveloppa dans la grande serviette.

Dès qu'elle serait habillée, elle remettrait la bouilloire sur le feu pour se rincer les cheveux. Elle s'essuyait quand Duncan leva les yeux.

— Terminé ?

— Oui, merci.

Il traîna la baignoire à travers la cuisine et la sortit par la porte de derrière. Dans le courant d'air glacial, Pattie frissonna ; elle enfila rapidement ses sous-vêtements. Lorsqu'il rentra, elle renoua la serviette autour d'elle et demanda :

— Des signes de dégel ?

— Non, je ne crois pas.

Tant mieux, pensa-t-elle.

— On est bien, ici, reprit-elle. Nous devons avoir la cheminée la plus propre à des lieues à la ronde.

— La seule.

— Alors, le concours est clos, sitôt ouvert.

Elle frémit de nouveau : il l'avait saisie par les épaules. Il l'attira contre lui, et elle leva la tête pour lui rendre son baiser. Soudain elle perçut des appels, et elle faillit crier : « Non ! »

Elle aurait volontiers donné n'importe quoi pour s'être trompée, mais Duncan avait entendu, lui aussi. Sans lâcher la jeune fille, il écoutait. Des voix d'hommes se remirent à crier : « Duncan ! Hé, Duncan ! »

Pattie se mordilla les lèvres. Elle avait la gorge sèche, et douloureusement serrée.

— Vos amis sont venus prendre de vos nouvelles...

— Cela m'en a tout l'air.

Il se dirigea vers la porte d'entrée. Tout, pour Pattie, semblait se dérouler au ralenti ; les flammes elles-mêmes avaient cessé de danser dans l'âtre. Duncan était déjà près de la porte d'entrée quand elle reprit conscience de la réalité. Elle enfila son collant, attrapa sa jupe, sa veste.

— C'est John et Barry Brunton, annonça-t-il. Ils vous plairont.

Il leur fit de grands signes, et sortit à leur rencontre, en refermant la porte derrière lui. Pattie, qui s'habillait à toute vitesse, pensa : « Pour l'instant, ils ne me plaisent guère. Ils ne sont certainement pas *mes* amis. »

Elle enfila ses bottes, sa veste et se précipita dans la cuisine pour passer le peigne dans ses cheveux encore mouillés. Il aurait été plus raisonnable de rester près du feu, pour continuer à se frictionner avec la serviette, cependant elle avait subitement hâte de paraître à son avantage.

Elle s'était coiffée et boutonnait sa veste lorsque la porte se rouvrit. Duncan entra, avec deux autres hommes. Petits, trapus, le visage coloré, ils étaient emmitouflés dans des anoraks, et portaient des bottes de caoutchouc. Ils parlaient tous les deux en même temps mais, en apercevant la jeune fille, ils se turent et se figèrent sur place. Manifestement, ils ne s'attendaient pas à trouver là une inconnue.

— Pattie, déclara Duncan, je vous présente John et Barry. Ils ont suivi le chasse-neige.

Elle leur sourit, d'un sourire qu'elle sentait faux.

— Bonjour, fit-elle.

— Pattie Rost, poursuivit Duncan.

— Heureux de vous connaître, Miss...

Le plus âgé jeta un rapide coup d'œil sur la main gauche de la journaliste.

— Miss Rost. Comme je le racontais à Duncan, nous avons vu le feu, hier au soir ; mais nous n'étions pas sûrs, alors, qu'il s'agissait seulement d'une cheminée. Quand le chasse-neige s'est mis en route, ce matin, de bonne heure, nous l'avons suivi dans la voiture, pour savoir ce qui se passait ici.

Gêné, il s'éclaircit la voix, et ajouta :

— Ce gaillard-là ne nous avait pas dit qu'il avait de la

visite. Pourquoi n'avez-vous pas amené cette jeune personne, quand vous êtes venu souper, l'autre soir ?

Le fils avait l'air plus intrigué encore. Le jour de l'arrivée de Pattie, Duncan était certainement chez les Brunton. L'un des deux hommes l'avait reconduit, pendant que la jeune fille dormait près du feu ; le lendemain, le pavillon était coupé du reste du monde.

— C'est un peu compliqué, déclara-t-elle d'un ton hésitant.

— Pas le moins du monde, intervint Duncan. Miss Rost est journaliste. Elle est venue m'interviewer pendant que j'étais chez vous. Sa voiture a quitté le chemin juste dans le virage ; elle y est toujours. Miss Rost a donc pénétré ici par la fenêtre de la cuisine.

— Et elle est là depuis ? s'enquit le plus jeune.

— Exactement.

— La voiture est restée là-bas ?

— Oui, répliqua Pattie.

— Curieux, on n'en a pas entendu parler, remarqua le jeune homme. En tout cas, vous n'avez pas l'air trop mal en point.

Il ne croyait pas un mot de leur histoire. Pour lui, Duncan et sa compagne avaient prévu de se retrouver dans cette maison, et son père et lui avaient troublé leur solitude. Leur expression confuse mais amusée l'indiquait clairement. La première surprise passée, ils ne semblaient pas autrement étonnés, songea Pattie. Elle n'était certainement pas la première à séjourner ici. Elle demanda brusquement :

— Pourriez-vous me ramener à Grimslake ?

Ils mirent un moment à répondre, assez pour laisser à Duncan le temps de protester. Cependant, il n'en fit rien, et le plus âgé acquiesça. L'autre ajouta :

— Sûrement, si c'est ce que vous désirez...

Ce qu'elle voulait, c'était voir Duncan lui passer un bras autour de la taille, et l'entendre dire :

— Merci de vous être dérangés, mais tout va bien. Nous passerons vous voir dans un jour ou deux.

Il ne souffla mot. Il apporta la veste en peau de mouton, la posa sur les épaules de Pattie, s'informa de l'état du bétail et, avec les deux fermiers, se répandit en récriminations contre les tempêtes de neige. Il était pressé de la voir partir, pensa la jeune fille. C'était comme si les sauveteurs étaient arrivés le premier matin, quand la perspective de la garder chez lui le rendait furieux. Non, pas tout à fait : il n'était plus en colère contre elle. Il lui témoignait de l'amitié ; de l'amour, certainement pas.

— Nous ferions bien de vérifier s'il est possible de sortir vos affaires de la voiture, proposa-t-il.

— Vous venez avec nous ?

— Où irais-je ? Je suis ici chez moi.

Il souriait, mais elle se demanda s'il avait eu l'intention de se montrer cruel. A la vérité, il ne lui avait jamais dit de considérer cette maison comme la sienne... C'était l'un de ses rêves fous.

— J'aimerais bien retrouver mes affaires... J'ai laissé ma valise dans le coffre, ajouta-t-elle pour les Brunton. Mon manteau et mon sac sont dans la voiture.

Le chemin n'était guère praticable ; la neige restait ferme sous les pieds.

— Où est donc ce fameux dégel ? ironisa Pattie.

Les hommes lui sourirent, et elle battit des paupières, car ses yeux étaient douloureux à cause du froid.

— Cela ne vous fait pas mal aux yeux ? questionna-t-elle en reniflant.

Elle sentait sur elle le regard de Duncan. Il ne devait à aucun prix imaginer qu'elle pleurait.

Intérieurement, elle pleurait. Extérieurement, elle marchait en souriant. Elle avait peut-être un air idiot, mais personne ne s'apercevrait de son chagrin.

— Ma voiture est là, dans cette congère, annonça-t-elle, le bras tendu.

Les Brunton émirent un long sifflement.

— On pourra la dégager quand la neige aura fondu,

déclara le plus âgé, mais ce ne sera pas pour demain. Vous avez dû être rudement secouée, ma petite.

— J'ignorais complètement où j'allais aboutir, répondit-elle.

Elle aurait pu se trouver encore dans cette voiture. Elle devrait rendre grâce d'être en vie et elle le ferait par la suite. Cependant, Duncan était déjà à mi-hauteur de la pente, et elle avait une seule idée en tête : il avait hâte de se débarrasser d'elle.

Elle demeura où elle était. Le jeune homme se laissa glisser à la suite de l'écrivain. Ils étaient maintenant obligés de se frayer un chemin à travers la neige qui leur arrivait à la taille. Elle les regarda dégager la voiture avec leurs mains, s'acharner sur la portière gelée pour l'ouvrir. Ils sortirent son manteau et son sac à main, les secouèrent pour en faire tomber la neige. Elle mit ses mains en porte-voix, et leur cria :

— Mes gants sont sur le siège arrière !

La voiture serait une épave quand on la tirerait de là. Elle s'était résignée à sa perte. Peu importait. Elle avait perdu bien davantage : cet homme brun, en bas, ne lui avait jamais appartenu, mais il laissait en elle un vide douloureux comme une blessure.

Il leur fallut longtemps pour ouvrir le coffre. M. Brunton tapait des pieds pour se réchauffer, et regardait autour de lui. Il s'inquiétait du temps qui passait.

— Je suis désolée, s'excusa Pattie.

Il lui sourit.

— Cela n'a pas d'importance. Il vaut mieux prendre vos bagages. Mais, par Dieu, vous avez eu de la chance.

— Oui, c'est vrai.

Elle regrettait de n'être pas descendue avec les hommes : elle et Duncan auraient pu se parler, s'aider mutuellement. En saisissant sa valise, elle aurait pu rire en disant :

— Eh bien, me voilà de nouveau équipée pour quelques jours, or je n'ai toujours pas mon interview. Accepteriez-vous de me supporter plus longtemps ?

Néanmoins quand ils remontèrent, elle n'en eut pas l'occasion. Duncan déclara seulement :

— Nous y voilà. On vous fera tout sécher à la ferme.

— Pour sûr, rétorqua le fils Brunton. Restez aussi longtemps que vous voudrez.

Ainsi, Duncan lui avait trouvé un autre refuge. Il ne désirait pas risquer de l'entendre lui demander asile.

— C'est très gentil à vous, répliqua-t-elle gaiement, pourtant je ferais mieux, je crois, de reprendre le premier train pour Londres. Vos landes sont magnifiques, mais j'en ai assez pour le moment.

— Il faudrait attraper le train à Darlington, précisa le père. Cependant, vous n'êtes sûrement pas pressée. Après tout cela, vous avez besoin d'un bon repas et d'une nuit de sommeil.

Ils se remirent en chemin. La Range Rover se trouvait sur la moitié de route dégagée par le chasse-neige. Celui-ci était parti. Il n'y avait pas le moindre signe de vie. Le jeune Brunton ouvrit la portière, déposa la valise de Pattie sur le siège arrière, et aida la jeune fille à monter. Le père s'installa à l'avant, et son fils au volant.

— Au revoir, Pattie, murmura Duncan. Nous nous reverrons un de ces jours.

— Oui, sans doute.

Elle le gratifia d'un large sourire. Il ne l'embrassa pas, ne la toucha même pas. Il lui adressa simplement un geste d'adieu, comme s'il prenait congé d'une visiteuse un peu trop envahissante.

Quand la voiture démarra, elle se retourna vers lui et faillit crier : « Arrêtez, je vous en prie ! ». Elle aurait sauté sur la route pour courir se jeter dans ses bras. Peut-être devina-t-il ses intentions : brusquement, il fit volte-face et s'engagea à grands pas sur la neige dure. Elle le suivit des yeux jusqu'au moment où il disparut.

Elle était passée devant la ferme des Brunton, en se dirigeant vers le pavillon de chasse. Une autre voiture stationnait près de la porte de derrière.

Pattie remarqua sur le pare-brise le macaron

« Presse ». Elle allait demander si l'on pouvait la conduire à Grimslake, d'où elle prendrait un taxi pour Darlington. A cet instant, la porte s'ouvrit et deux femmes sortirent en courant.

Après cela, elle n'eut plus son mot à dire. Les deux femmes étaient la mère et l'épouse, Janet, du fils Brunton... En apprenant d'où venait Pattie, elles furent fascinées. Elles la firent entrer, l'installèrent près du feu, lui mirent une tasse de thé entre les mains ; tout cela, avec des yeux brillant de curiosité. Duncan était sain et sauf, expliqua M. Brunton ; il y avait eu un simple feu de cheminée. Et Miss Rost était une journaliste qui avait été retardée par la neige.

— Une amie de Duncan ? questionna Janet.

C'était une jolie fille, aux cheveux châtain et bouclés, aux beaux yeux bruns. Pattie, elle, se sentait des paupières de plomb. Elle aurait aimé fermer les yeux, oublier tous ces gens.

— J'étais montée pour l'interviewer, déclara-t-elle, quand la neige s'est mise à tomber.

Un homme aux cheveux rares, qui tenait un verre de whisky, dévisageait la jeune fille.

— Jack Robson, du *Mercury,* annonça-t-il, quand son regard rencontra celui de Pattie. Vous êtes journaliste ?

Elle lui donna le nom de son magazine, et il sourit.

— Ainsi, vous avez été bloquée par la neige avec Duncan Keld ? Vous étiez seuls ?

— Oui.

— J'aimerais bien lire votre papier.

— Achetez le magazine.

— Je ferais bien de partir, répliqua-t-il avec un autre sourire, en vidant son verre. Vous avez vu des voitures, là-haut ?

— La mienne seulement.

Il sortit avec les deux hommes. Sans doute leur demandait-il des détails. Duncan était très connu. La plupart des grands quotidiens parleraient de sa maison isolée par la tempête de neige. Et Pattie ne pouvait espérer que son nom soit tenu secret.

Elle n'avait pas encore remarqué une vieille dame, assise dans un fauteuil à bascule. Celle-ci dit soudain :

— Mais je croyais que l'amie de Duncan était cette charmante petite blonde.

Janet s'agita.

— Oh, grand-mère, c'était l'été dernier... Tu connais Duncan.

— Je ne suis pas sa petite amie, rétorqua Pattie.

Qui était cette blonde ? se demandait-elle.

— Auriez-vous la bonté de m'indiquer la salle de bains ? reprit-elle.

— Mais bien sûr, mon petit. Voulez-vous votre valise ?

Quelqu'un avait apporté dans la maison les bagages de la journaliste. La valise était humide. Quand elle l'ouvrit, tout, à l'intérieur, était froid et moite. Elle sortit sa trousse de toilette et rabattit le couvercle. Elle attendrait, pour s'en occuper, d'être de retour chez elle. Ses cheveux n'avaient pas séché, depuis son départ du pavillon. Elle expliqua à Janet :

— Je venais de me laver les cheveux quand votre mari et votre beau-père sont arrivés.

— Ils auraient dû vous laisser le temps de vous sécher ! Vous risquez d'attraper un bon rhume. Au fait, vous connaissez bien Duncan ?

Manifestement, elle mourait de curiosité.

— Vous comprenez, poursuivit-elle, il était ici la veille du jour où la neige a commencé. Il comptait travailler, nous a-t-il confié. Barry a l'habitude de le conduire là-haut ; au bout d'une semaine ou deux, il remonte voir s'il a besoin de quelque chose ou s'il veut descendre. Cette fois, il avait l'intention de passer à peu près un mois dans sa maison.

Elles étaient devant la porte de la salle de bains.

— Cependant il ne nous a pas parlé de vous, acheva Janet.

— Il ignorait ma présence, répliqua Pattie.

— Oh! s'exclama Janet avec un large sourire. Si je n'étais pas une femme mariée, heureuse en ménage, j'aurais voulu avoir ce genre d'idée!

Elle éclata de rire. Inutile, pour la jeune fille, d'insister sur le fait qu'elle était venue chercher une interview à Duncan.

S'il lui en avait fourni l'occasion, elle serait restée au pavillon de chasse, mais il n'en avait rien fait. Elle ignorait même si elle le reverrait. Il n'y avait rien entre eux, et elle n'avait pas envie de séjourner dans cette maison où l'on allait parler de lui, poser des questions à son sujet.

— Il me faut rentrer à Londres, déclara-t-elle. Savez-vous quand je pourrais avoir un train?

— Vous ne voulez pas attendre un peu? demanda Janet, déçue. Nous vous donnerions un lit.

— C'est très aimable à vous, mais je désire partir.

Elle n'avait rien à espérer: Duncan ne viendrait pas.

— Je dois être affreuse à voir, reprit-elle. Je vais me maquiller un peu.

Et elle entra dans la salle de bains.

En regardant son image, elle comprit pourquoi Janet n'avait pas protesté quand elle avait parlé de sa mauvaise mine. «La charmante petite blonde était une beauté, je parie, songea-t-elle.» Elle se mit en devoir de réparer les dégâts. Quand elle eut terminé, elle fut assez satisfaite. Ses joues et ses lèvres avaient repris couleur, ses yeux avaient retrouvé leur éclat, sous ses longs cils noirs et lustrés. Quand elle aurait noué ses cheveux dans un foulard, elle serait redevenue l'ancienne Pattie.

Pas tout à fait, cependant. L'isolement avec Duncan l'avait transformée, avait changé son attitude sur bon nombre de points. Jamais, depuis l'adolescence, elle ne s'était sentie aussi détendue, aussi libérée de toute inhibition, et elle lui en était reconnaissante. Même s'ils ne devaient pas se rencontrer avant des années, elle penserait toujours à lui avec affection.

Elle avait de la chance, l'informa-t-on : les trains circulaient de nouveau. Janet se proposa pour la conduire jusqu'à Darlington et, tout le long du trajet, bavarda à propos de Duncan. Il s'était lié d'amitié avec Barry dès le jour où il était venu voir le pavillon, et avait décidé de le restaurer.

— A l'époque, déclara la jeune femme, personne n'avait encore beaucoup entendu parler de lui.

A présent, il était célèbre, et ses voisins étaient fiers de lui.

Elle parla des invités qui fréquentaient le pavillon. Pattie mourait d'envie de demander des précisions sur les visiteuses, mais ce n'était pas son affaire. La vie de l'écrivain n'appartenait qu'à lui. Elle-même allait renouer les fils de sa propre existence, et tout était probablement fini entre eux.

Quand son train arriva à Londres, il faisait nuit. Le chauffage, dans les wagons, avait été précaire, et elle avait regretté d'avoir laissé à la ferme la veste de Duncan : son manteau était encore humide. Quand elle sauta sur le quai, tout lui parut mouillé, froid, misérable. Sa valise à ses pieds, elle regarda autour d'elle, comme si quelqu'un avait pu venir la chercher. C'était stupide : personne ne s'attendait à son retour.

Elle prit un taxi. Lorsqu'elle parvint à son appartement, le téléphone sonnait. Les mains tremblantes, elle introduisit la clé dans la serrure et se précipita, laissant sa valise dans le couloir. Mais, brusquement, elle fit demi-tour pour la reprendre. Elle n'était pas encore disposée à parler, à fournir des explications. Elle avait besoin d'une tasse de thé, elle voulait remettre le chauffage en marche. Elle refusait de s'avouer la raison pour laquelle elle n'avait pas envie de répondre au téléphone : Duncan ne serait pas au bout du fil.

La sonnerie retentit à nouveau une dizaine de minutes plus tard. La jeune fille avait préparé du thé, et le radiateur électrique réchauffait déjà l'atmosphère. A regret, elle se leva, et décrocha. Une voix féminine déclara :

— Pattie ? Claire Renny à l'appareil.

Claire l'avait remplacée aux potins mondains. Ce n'était certainement pas un hasard si elle appelait à ce moment précis.

— Nous venons d'avoir un coup de fil de notre correspondant dans le Yorkshire, expliqua-t-elle.

Le reporter rencontré chez les Brunton n'avait pas perdu de temps, pour gagner un peu d'argent.

— D'après lui, tu étais bloquée depuis cinq nuits dans le pavillon de chasse de Duncan Keld.

— Quatre jours, corrigea Pattie.

— C'est toujours plus amusant de compter les nuits, rétorqua l'autre en riant. Quand le revois-tu ?

— Je l'ignore, répondit la jeune fille d'un ton las. Et n'en fais surtout pas une production à grand spectacle ; cela n'en vaut pas la peine.

— Tu étais vraiment allée l'interviewer, et tu es restée bloquée par la neige ?

— Oui.

Elle imagina l'expression incrédule de son interlocutrice.

— Ah oui ? reprit celle-ci. Oh, je sais, il fut un temps où il menaçait de te pocher un œil, comme à ce pauvre vieux Willie, mais je pensais que, depuis, tout s'était arrangé entre vous.

— Je ne l'avais pas rencontré depuis cette histoire du restaurant.

— Ainsi, il n'est pas question d'une idylle ?

Pattie eut envie de raccrocher, mais elle paraîtrait avoir quelque chose à cacher. Elle répéta donc :

— Je te l'ai dit, je ne l'avais pas revu depuis un an.

— C'est vrai. Bon, je te crois. Vous n'êtes pas partis ensemble là-bas. Cependant, vous étiez seuls, tous les deux ; c'est un homme viril, et toi, tu es plutôt jolie. A quoi passiez-vous votre temps ?

— Il était monté là-haut pour écrire, expliqua Pattie,

et c'est ce qu'il a fait. J'ai préparé quelques repas et j'ai écrit, moi aussi. Nous ne sommes pas restés là-bas un mois entier ! Ah, la cheminée a pris feu...

— La cheminée seulement ? répliqua Claire dans un éclat de rire.

— Oui, je le crains.

— Tu as laissé passer ta chance ! J'aurais bien voulu être à ta place...

— Je n'y aurais pas trouvé d'inconvénient. J'ai été contente de voir arriver le chasse-neige.

En fait, elle n'avait pas aperçu le chasse-neige. Et, quand elle avait entendu les voix de ses sauveteurs, elle avait eu l'impression que son cœur tombait comme une pierre.

— Veux-tu mon avis ? reprit Claire. Tu caches ton jeu.

— Je ne comprends pas ce qui peut te donner cette idée.

Cette fois, Pattie dit au revoir, et raccrocha.

Cet appel-là, elle le prévoyait, serait le premier d'une longue série. Elle laissa donc le combiné décroché, et entreprit de défaire sa valise et d'étaler ses vêtements un peu partout, pour les aérer. Elle retrouva les deux romans de Duncan. Elle ne les lirait pas tout de suite. Il lui restait encore une bonne semaine de congé, et son projet de décoration lui revint à l'esprit. Il faudrait autre chose que quelques rouleaux de papier pour transformer cet appartement en un véritable foyer, songea-t-elle.

Ce soir, elle s'y sentait très seule. Pis encore, elle commençait un rhume de cerveau, elle avait mal à la gorge, et les yeux larmoyants. Elle avala de l'aspirine avec du lait chaud et se coucha. Mais, là aussi, elle se sentait seule. Repliée sur elle-même, elle était cruellement déchirée par un sentiment de perte irréparable. La nuit ne finirait jamais, pensait-elle. Les aiguilles lumineuses de la pendulette marquaient près de quatre heures quand elle s'endormit enfin.

Le timbre de la porte d'entrée l'éveilla. Elle se redressa, éternua, sans trop savoir si elle allait répondre.

Elle cherchait sa robe de chambre quand la sonnerie s'arrêta, pour reprendre presque aussitôt. Lentement, elle se dirigea vers la porte.

Michael, toujours aussi élégant, serviette de cuir et parapluie en main, arborait une expression blessée.

— Je ne parvenais pas à vous joindre au téléphone, déclara-t-il.

— Je l'ai décroché hier au soir.

Elle s'effaça pour le laisser entrer. En passant devant elle, il demanda :

— Avez-vous vu la presse du matin ?

— Non.

Il ouvrit sa serviette, en sortit un journal, l'ouvrit à la page de la chronique de Willie, l'étala sur la table. Il y avait une photo de Duncan et une autre, plus petite, un peu floue, de Pattie. Elle lut : « Bloqués par la tempête de neige dans un pavillon de chasse, sur les landes du Yorkshire : Duncan Keld, personnalité de la télévision et célèbre écrivain, et Pattie Rost, séduisante journaliste. Pattie, semble-t-il, était partie interviewer Duncan, et elle a dû rester avec lui jusqu'à l'arrivée du chasse-neige. Interrogée sur leur emploi du temps, dans cet isolement, elle a répondu : Nous écrivions, et la cheminée a pris feu. Pattie est de retour à Londres, mais Duncan est resté au pavillon de chasse. On attend avec impatience sa propre version de l'incendie. »

— Qu'est-ce que cette histoire ? demanda Michael, non sans raison.

Pattie éternua.

— J'étais effectivement là-bas pour l'interviewer.

— Au beau milieu des landes du Yorkshire ? Et par ce temps ? C'était tellement urgent ?

Elle regarda par la fenêtre. La neige menaçait de nouveau ; plus question de dégel. Cette fois, Duncan ne risquerait guère d'être dérangé. Elle devait cesser de se rappeler l'atmosphère de la maison, d'avoir envie d'y retourner.

— Il ne neigeait pas quand je suis partie.

— Vous ne m'en aviez pas parlé. Je vous attendais plus ou moins, lui reprocha Michael. Ma mère vous trouve bien imprudente : elle n'aime pas les livres de Duncan Keld.

Pattie sentit ses lèvres frémir.

— Si elle me l'avait dit plus tôt, j'en aurais parlé à Rose. Je n'aurais même pas envisagé de faire cette interview !

— Moi aussi, je vous trouve très imprudente, déclara catégoriquement Michael. Que s'est-il passé là-haut ? Voilà ce que les gens vont se demander. A notre époque, on croit toujours le pire, et je vais être un objet de risée.

Il était très sensible au ridicule. Elle rétorqua cyniquement :

— Alors, vous auriez intérêt à ne pas me voir pendant quelque temps, un ou deux mois. Ensuite, personne ne pensera plus à cette affaire.

— Allons donc ! riposta-t-il. On s'en souviendra certainement.

Ce qui l'inquiétait surtout, semblait-il, c'étaient les commérages, et non ce qui était vraiment arrivé. Elle faillit lui avouer : « Il y avait un seul lit, et nous l'avons partagé durant trois nuits. » Mais elle ne pouvait le blesser ainsi dans son orgueil. Elle se contenta de préciser :

— Je n'avais pas l'intention de rester. J'avais retenu une chambre à Grimslake.

— Je le sais, assura-t-il d'un air maussade. Et je sais aussi qu'il ne s'est rien passé entre vous et Keld.

— Ah oui ?

— Oui, bien sûr. Aucun homme ne parviendrait à ses fins avec vous en quelques jours. Vous êtes plutôt froide.

— Merci beaucoup.

— C'est un compliment, expliqua-t-il vivement. Mes parents vous ont toujours considérée comme une fille irréprochable.

— Même ce matin ?

— A leur avis, vous vous êtes montrée imprudente, mais ils n'ont aucun doute...

Il en resta là, fronça les sourcils, puis consulta sa montre.

— On m'attend au bureau. Je vous reverrai plus tard.

Il s'apprêtait à embrasser la jeune fille, mais elle éternua, et il recula.

— Vers sept heures ? suggéra-t-il. Je viendrai vous chercher.

La journée se déroula comme elle l'avait imaginé. Toutes ses connaissances paraissaient avoir lu l'écho dans le journal. A tous, elle donnait la même explication, cependant elle se demandait si un seul de ses correspondants la croyait. Ils se montraient surpris, mais la plupart, comme Claire Renny, étaient convaincus qu'elle avait caché son jeu, et tenu secrète sa liaison avec Duncan Keld.

Même au bureau, où tout le monde était pourtant au courant de l'interview projetée, on ne comprenait pas pourquoi elle était partie pour le Yorkshire par un temps pareil et sans prévenir personne.

— Cela devrait faire un papier sensationnel ! s'exclama Rose en riant. Mais je ne sais pas si nous pourrons le passer tout entier !...

Pattie, elle, ignorait comment elle pourrait l'écrire. Elle ne reverrait pas Duncan avant longtemps, elle en était à peu près certaine. Autre certitude : quand leurs chemins se croiseraient de nouveau, elle serait plus ou moins guérie de son coup de cœur.

Elle était encore en congé et elle sortait beaucoup. Le soir, généralement, avec Michael, mais elle devinait déjà la fin de leurs relations.

Avant même de se rendre au pavillon de chasse, elle avait commencé de découvrir que rien, en Michael, ne la touchait profondément. Elle était reconnaissante au rhume qui le tenait littéralement à distance. Il avait un petit côté hypocondriaque, et se contentait maintenant d'un baiser léger sur la joue.

Elle s'éveillait chaque matin avec un sentiment d'attente, et, partout où elle allait, elle ne cessait de dévisager les passants. Non, elle ne cherchait personne en particulier, bien sûr ; elle regardait, sans plus...

Huit jours après son retour, Willie lui téléphona pour lui annoncer que Duncan Keld était revenu à Londres. Willie l'avait joint chez lui, pour apprendre qu'il n'avait pas l'intention de revoir Pattie. Elle confirma.

— Nous n'avons aucun projet... Pourquoi en aurions-nous ?

Cependant, il lui restait quatre jours de vacances, et elle décida brusquement de refaire l'appartement. Elle acheta du papier et tapissa la salle de séjour avec un semis de boutons de roses très victoriens. Elle prenait ses repas chez elle, ne sortait pratiquement plus. A plusieurs reprises, le téléphone sonna, et, chaque fois, son cœur bondit dans sa poitrine. Ce n'était jamais Duncan...

Non, elle n'espérait pas un appel de lui, ce n'était pas pour cette raison qu'elle restait près du téléphone. Lorsqu'elle retournerait au bureau, elle devrait penser à son article. Alors, elle l'appellerait, mais d'ici là, elle serait remise de ce béguin d'écolière qui peuplait encore ses nuits de rêves fous.

Néanmoins, elle le rencontra durant le dernier week-end de son congé, au vernissage d'une exposition de sculpture. L'artiste commençait à se faire un nom, pour ses pierres sobrement travaillées, et Pattie se souvint d'avoir lu que Duncan avait acheté quelques-unes des premières œuvres de Jack Saker. Elle s'était demandé s'il serait à l'exposition, puis elle s'y était rendue parce qu'elle s'intéressait elle-même à ces sculptures.

En entrant dans la galerie, elle chercha Duncan du regard et dut s'avouer la vérité : elle était venue dans l'unique espoir de le voir. Quand elle l'aperçut à l'autre extrémité de la salle, au milieu d'un groupe, elle comprit : elle n'avait pas cessé de le chercher depuis leur séparation.

Il y avait beaucoup de gens, mais, quand il se retourna

et la regarda, rien au monde n'aurait pu la retenir. Elle faillit se mettre à courir. Elle était attirée vers lui comme par un aimant. Il ne bougeait pas, il ne souriait même pas, pourtant son pouvoir sur elle était effrayant.

« Je l'aime, pensa-t-elle. » Et elle en fut épouvantée. « Je l'aime vraiment, tandis que ce qu'il ressent pour moi n'est pas assez fort pour le pousser à traverser la pièce. »

7

Duncan ne vint pas à la rencontre de Pattie. Au contraire, il se détourna un instant, comme pour faire mine de ne pas l'avoir vue, et elle en fut poignardée. Pourtant, quand elle le rejoignit, il souriait.

On les observait, mais elle s'en moquait. Toutefois, il lui restait assez de lucidité pour prendre un ton léger.

— Bonjour, vous ! déclara-t-elle avec un grand sourire. Je ne vous aurais pas cru de retour si tôt. Je pensais que vous resteriez au pavillon pendant plusieurs semaines encore.

Sans doute était-il heureux qu'elle ne se soit pas jetée à son cou. Il se détendit, répondit gaiement :

— Oh, j'ai bien travaillé !

— Sans rien pour vous distraire ?

— Plus de feu de cheminée, c'est cela ?

— Bien sûr. Quoi d'autre ?

Elle mourait d'envie de le toucher, mais beaucoup de gens le connaissaient, certains la connaissaient aussi. Alors, elle gardait les bras croisés, la tête rejetée en arrière, avec une expression qui se voulait nonchalante.

— Je ne vous savais pas intéressée par l'œuvre de Jack Saker, reprit-il.

— Je suis journaliste. Je vais où l'on m'envoie.

On ne l'avait pas envoyée à cette exposition.

— Oui, c'est vrai, admit-il. On vous avait ordonné de m'interviewer, et voyez où cela vous a menée !

Ils se sourirent, et Duncan lui prit le bras.

— Venez faire la connaissance de Saker.

Pattie serra légèrement son bras contre son corps, pour se persuader qu'il ne s'agissait pas encore d'un rêve. S'il l'avait embrassée, elle l'aurait étreint de toutes ses forces, sans se soucier de toute cette foule.

— Le voici, annonça Duncan.

Un homme à la barbe broussailleuse faisait de grands gestes devant la plus importante sculpture de l'exposition. Il était déjà très entouré, et Pattie demanda :

— Si vous me parliez de son œuvre ? Vous devez la connaître. Vous avez acheté ses sculptures, n'est-ce pas ?

— Une ou deux petites. J'aime les pierres, ce sont des créatures attachantes.

Il caressait la plus proche. En y regardant de plus près, la jeune fille discerna le talent de l'artiste : c'était toujours une pierre, mais avec une qualité animale, comme si l'esprit de cette matière perçait au travers. Cela devint un jeu : il fallait découvrir les formes et les visages cachés dans le roc. De toute manière, être avec Duncan était passionnant. Très à l'aise, elle bavardait.

— Qu'est devenue ma voiture ? s'enquit-elle.

— Toujours où vous l'avez laissée. Il y a encore de la neige, là-haut. Vous n'écoutez donc pas les prévisions météorologiques ?

— Pas très souvent. Et mes lettres ? Ont-elles été postées ?

— Oui. Avez-vous écrit votre article ?

— Pas encore. Je retourne lundi au journal, je m'y mettrai à ce moment-là. Vous aimeriez le relire ?

— Certainement.

Elle aurait donc un prétexte valable pour le revoir. Elle détourna la tête pour lui cacher la joie qui brillait dans ses yeux.

— Voilà ma sculpture préférée, déclara-t-elle. La pierre-chat.

Couleur d'abricot, avec l'ébauche de deux yeux obliques, d'un sourire félin. Quand on l'avait bien contemplée, son regard semblait vous suivre partout.

— Vous savez, reprit-elle, je pourrais vivre avec elle.

Elle posa la main sur la tête du chat. Duncan couvrit cette main de ses doigts, et elle sentit son cœur se gonfler de bonheur.

— Mais pourrait-elle vivre avec vous ? répliqua-t-il.

— Laisseriez-vous entendre que je suis difficile à vivre ?

Elle rougit violemment quand il répondit :

— Je l'ignore…

Il plaisantait, naturellement. Il la regarda et demanda gravement :

— Tout va bien ?

— Pour moi ? Oui, mis à part ce rhume que vous avez peut-être remarqué.

— Voilà ce qui arrive quand on se promène pieds nus pour éteindre un feu de cheminée !

— J'y ai pris plaisir ! souffla-t-elle.

— Que faites-vous, ce soir ?

Elle allait s'écrier : « Rien ! », mais elle porta sa main à sa bouche.

— Zut ! Michael et sa mère viennent chez moi.

— C'est charmant…

Depuis son retour du Yorkshire, elle avait évité la famille de Michael. Cependant, ce jour-là, Mme Ames était venue faire des achats à Londres et elle s'était invitée chez Pattie pour boire le thé. Pattie n'en était pas vraiment ravie. Malgré la présence de Michael, elle aurait droit, elle le savait, à un petit entretien intime. D'après les principes de Mme Ames, les jeunes filles convenables n'avaient pas leur nom dans le journal.

— N'est-il pas possible de remettre cela à un autre jour ?

— Oh, je voudrais bien ! déclara-t-elle avec ferveur. Mais elle n'aimerait pas, je crois, s'entendre dire de rentrer prendre le thé chez elle. Je pourrais vous voir demain.

— Demain, je suis occupé, rétorqua-t-il d'un ton de regret.

Elle prit un air sagace.

— Oh ! Vous serez avec la charmante petite blonde dont la grand-mère Brunton a parlé ?

Il devait être au courant. Il se mit à rire, et secoua la tête.

— Me permettez-vous de vous téléphoner ? Mes vacances s'achèvent, et je ne saurai pas précisément ce qui m'attend avant mon retour au bureau, lundi matin.

Elle s'était bien comportée, jusqu'à présent. Elle ne devait pas lui laisser voir à quel point elle tenait à lui.

Duncan la ramena chez elle, et elle lui montra sa fenêtre, au premier étage.

— Numéro trois, précisa-t-elle. Voulez-vous monter prendre un café ou autre chose ?

Il ne serait peut-être pas très indiqué d'avoir Duncan chez elle, à l'arrivée de Mme Ames et de Michael. Néanmoins, elle fut déçue quand il refusa l'invitation.

— Je suis obligé de retourner à l'exposition.

Jamais elle n'avait éprouvé un tel désir de se lancer à la poursuite d'une voiture. « Je suis vraiment très amoureuse, pensa-t-elle. Il n'en sait rien, et il ne doit pas s'en douter. Voilà pourquoi j'ai eu tant de mal à plaisanter à propos de la petite blonde : savoir que je le partage avec une autre me fait trop souffrir. »

Cependant, elle avait eu de la chance. Elle avait rencontré Duncan sans lui avoir téléphoné, et il lui avait demandé un rendez-vous. Elle l'appellerait lundi. Ce soir, elle accueillerait cordialement Michael et sa mère.

Elle avait toujours eu l'air d'être la sœur de Michael. Si elle réussissait à le convaincre de se contenter d'une affection fraternelle, ils continueraient à se voir.

De la fenêtre, elle vit le taxi arriver à six heures précises. Mme Ames en descendit. Michael régla la course et, chargé de paquets, suivit sa mère.

Pattie ouvrit la porte. Mme Ames s'avança vers elle et

présenta une joue froide à son baiser. D'ordinaire, elle embrassait la jeune fille.

— Ainsi, vous avez retapissé les murs, déclara-t-elle en examinant la salle de séjour. C'est charmant, très joli... Et vous avez tout fait toute seule, d'après Michael.

Celui-ci ne l'avait certainement pas aidée. Pattie, d'ailleurs, n'y tenait pas. Il était passé un soir et il était très vite reparti, parce qu'une goutte de colle était tombée sur son costume.

— Avez-vous trouvé ce que vous cherchiez ? s'enquit Pattie.

Mais Mme Ames ne se laissait pas détourner de son but.

— Je le pense, oui... J'ai grande envie d'une tasse de thé.

A peine servie, elle questionna :

— Que pouviez-vous bien faire dans le Yorkshire, la semaine dernière, pour être bloquée par la neige dans un pavillon de chasse ?

— J'allais interviewer Duncan Keld, répondit la jeune fille. J'ai eu un accident, et la neige s'est mise à tomber.

— Et vous êtes restée seule avec lui dans cette maison ?

— Oui. Il n'y avait personne d'autre.

Mme Ames émit un petit rire aigu.

— Heureusement, Michael n'est pas jaloux. Certains hommes n'auraient pas apprécié l'aventure.

— Ne sois pas ridicule, maman, intervint Michael d'un ton tolérant.

Se montrait-il généreux, songea Pattie, parce qu'il la jugeait au-dessus de tout soupçon, ou par simple indifférence ? Elle commençait à savoir à quel point une véritable jalousie était capable de vous déchirer. Duncan et elle étaient encore à peine des amis, mais, s'ils se liaient plus étroitement, elle se montrerait férocement possessive.

— Comment était-ce, dans ce pavillon de chasse ? poursuivit Mme Ames, en tendant la main vers un petit four.

Pattie décrivit la grande salle et ajouta :

— La maison était pratiquement en ruine quand Duncan l'a découverte. Il l'a rebâtie, il y a travaillé de ses mains.

Elle avait mis trop d'enthousiasme dans sa voix : elle le devina à l'expression de son interlocutrice.

— Et en haut ? insista celle-ci.

— Deux pièces.

Elle n'ajouta pas : « Et un seul lit », mais elle regardait droit dans les yeux la mère de Michael, qui se demandait manifestement si Pattie avait dormi seule.

L'atmosphère se tendait de plus en plus. Le regard de Michael allait de l'une à l'autre. Sa mère n'était pas encore revenue de sa stupeur première, en apprenant que Pattie avait passé plusieurs jours seule avec un homme qui, sur ses photos, paraissait extrêmement viril et dangereux. Michael prévoyait des ennuis : Pattie n'était plus la jeune fille calme et placide qu'il connaissait ; elle avait quelque chose de farouche, de provocant.

Si seulement sa mère n'avait pas insisté pour venir. Il voulait à tout prix éviter une scène, et se mit à parler du temps : l'hiver ne finirait-il jamais ? Il s'informa ensuite de ce que contenaient les petits sandwiches. Et Pattie avait-elle suivi, la veille au soir, le film donné à la télévision ?

Il continua de bavarder ainsi jusqu'au moment où tout danger sembla écarté. Pattie retenait son rire à grand-peine. Certes, ce n'était pas drôle. Mme Ames était à peu près sûre que celle qui aurait pu épouser son fils s'était mal conduite. Michael ne tenait pas à le savoir, mais sa mère irait jusqu'au bout, et il n'était pas de taille à l'en empêcher.

— Où, exactement, est situé ce pavillon de chasse ? questionna Mme Ames, profitant d'une pause dans la conversation.

Pattie le lui expliqua, tout en traçant du bout du doigt une carte invisible sur la table. La visiteuse hocha la tête, les lèvres pincées.

— Je croyais avoir lu quelque part qu'il se trouvait à des kilomètres de tout. Comment avez-vous donc réussi à le trouver ?

Michael émit un début de protestation, d'une voix enrouée. Pattie répondit suavement :

— J'étais là-bas l'été dernier.

Déjà, Mme Ames ouvrait la bouche et pointait l'index. Elle allait s'écrier : « Ah ! Ce n'était donc pas votre première visite ! » Mais Pattie prit les devants.

— J'étais en vacances, avec quelques filles du journal. L'une d'elles m'a montré la maison, en passant sur la route. Je me suis rappelé où elle était.

— Et il ne vous attendait pas ?

La jeune fille secoua la tête. Michael se mit alors à parler de ses propres vacances, et la conversation se poursuivit. Après ce soir, songea Pattie, elle se devait d'annoncer à Michael qu'elle ne le reverrait plus. Il prendrait sans doute la chose avec calme, même si sa mère s'indignait pour deux. Cependant elle ne pouvait le lui dire maintenant. Mme Ames se montrait extrêmement acharnée ; la voix de Michael devenait de plus en plus aiguë, et Pattie retenait douloureusement un rire hystérique. Elle ne s'amusait pas, non : tout cela était ridicule. Si elle avait osé laisser libre cours à son hilarité, elle en aurait été un peu soulagée. Par exemple, lorsque Mme Ames se jeta sur les deux livres de Duncan et les ouvrit, certainement pour y chercher une dédicace compromettante, un petit rire aurait été de mise. Mais Pattie n'était pas sûre, alors, de réussir à s'arrêter. Elle garda donc le silence, et la visiteuse reposa les livres sur leur rayon.

On sonna à la porte. La première pensée de la jeune fille fut : « Si c'est Duncan, cela va tout arranger ! » Mais ce n'était pas Duncan. L'homme demanda si elle était Miss Rost.

— Oui.

— J'ai un colis pour vous.

Il redescendit bruyamment l'étage, et elle attendit. Elle

127

imaginait, derrière elle, Mme Ames, le cou tendu pour voir ce qui se passait.

Le colis était une caisse, et il fallut deux hommes pour l'apporter. Michael avait rejoint son amie, et tous deux ouvraient de grands yeux.

— Qu'est-ce que c'est ? s'enquit le jeune homme.

— Pas la moindre idée.

Les deux livreurs posèrent la caisse dans l'entrée. Elle leur donna un pourboire, et ils repartirent.

— Vous n'attendiez rien ? questionna Mme Ames.

— Non.

— C'est bien mystérieux. Pourquoi ne pas avoir demandé qui était l'expéditeur ?

— Vous ne l'ouvrez pas ? intervint Michael.

Elle alla chercher un outil pour soulever le couvercle. A l'intérieur, il y avait de la paille, et la mère de Michael poussa un petit cri aigu.

— Ce ne serait pas un animal, par hasard ?

— Comment ferait-il pour respirer, maman ?

Pattie eut l'impression qu'elle ne parviendrait pas à retenir plus longtemps son rire. Du bout des doigts, Michael écartait la paille.

— C'est une pierre, annonça-t-il.

— C'est vrai, dit la jeune fille. Oh, mon Dieu !

— Quel drôle de cadeau.

Il ôta encore un peu de paille, et lui tendit une feuille de papier. « Ce n'est pas le chat de l'exposition, avait écrit Duncan, vous ne pourrez pas l'avoir avant la fin de l'exposition. Néanmoins, c'est son frère. Essayez de vivre avec lui durant quelques jours, et voyez comment vous vous entendez. Très bien, j'en suis sûr. Vous êtes douée pour cela. »

— C'est une sculpture moderne, expliqua-t-elle. Si nous réussissons à la sortir de là, vous verrez : c'est à la fois une pierre et un chat.

Elle ne put la soulever, pas même avec l'aide de Michael, qui ne semblait d'ailleurs pas disposé à faire trop d'efforts. Il s'essuyait maintenant les mains sur son mouchoir. Elle devrait emprunter une hachette, mais, en attendant, elle continuait à enlever la paille. Le tapis en était couvert, et la poussière faisait tousser Mme Ames.

— Qui vous envoie cela ? s'enquit Michael.

— Duncan, répondit Pattie, la tête dans la caisse. Je l'ai rencontré cet après-midi, à un vernissage, et je lui ai confié que j'aimerais avoir cette sculpture.

Il y eut un silence lourd.

— Répugnant ! s'écria soudain Mme Ames.

Pattie, assise sur ses talons, battit des paupières.

La visiteuse agitait entre ses doigts le petit mot de Duncan.

— Quel goût détestable ! grinça-t-elle. « Douée pour cela », vraiment ! Vous ne viviez pas ensemble, vous étiez seulement bloqués par la neige, à cause de votre propre stupidité et du mauvais temps !

Elle jeta un coup d'œil dans la caisse, et frissonna.

— Quel objet affreux !

— Oh, ce n'est pas mon avis, répliqua Pattie, les lèvres frémissantes. J'aime bien les pierres ; ce sont des créatures attachantes...

— Un poids pareil pourrait défoncer le parquet, déclara Mme Ames.

Ce fut la goutte d'eau qui fit déborder le vase. La jeune fille éclata de rire et, comme prévu, fut incapable de s'arrêter. Michael était prêt à oublier les jours et les nuits passés dans le pavillon de chasse, mais il ne toléra pas son rire. Il virait au cramoisi. Ce fut lui qui sortit le premier, si vite que sa mère dut se charger de ses paquets. Pattie hoqueta :

— V-vous ne... ne désirez pas appeler un taxi ?

— Je ne resterai pas ici pour être tourné en ridicule, lança le jeune homme. Vous êtes devenue folle, ma parole ! Que vous a donc fait cet homme ?

Du coup, la jeune fille retrouva un peu de sa gravité. La semaine précédente l'avait transformée, certes, cependant elle n'avait pas cherché à blesser Michael. Elle devrait lui présenter des excuses.

— Je vais appeler la station de taxis, voulez-vous ?

— Si ce n'est pas trop vous demander, répondit Mme Ames, avec une politesse glaciale.

Après avoir téléphoné aux taxis, elle composa le numéro de Duncan, mais n'obtint pas de réponse. Elle aurait pu lui dire :

— Par suite de circonstances imprévues, la livraison d'une pierre, par exemple, mes invités sont partis. J'ai quelques heures à tuer. Quels étaient vos projets ?

Cependant, il ne l'avait pas attendue. Elle balaya la paille, la mit dans un sac. Après quoi, toujours avec son outil, elle s'attaqua de nouveau à la caisse. Un panneau finit par céder ; elle s'agenouilla pour admirer son chat, tendit la main, le caressa. La pierre des Cotswold, prétendait-on, n'était jamais froide. « Me tiendras-tu chaud, songea-t-elle, quand je serai vieille, si nous sommes seuls, toi et moi ? » Elle se mordit les lèvres. Voilà ce qui arrivait, quand on tombait amoureuse d'un homme qui ne vous aimait pas.

Elle s'obstinait à appeler le numéro de Duncan. Finalement, juste après minuit, il répondit, et elle se demanda s'il était seul.

— C'est Pattie, annonça-t-elle. Il est arrivé.

— Ils ont fait vite. J'avais précisé : le plus tôt possible.

— Merci. Je vais être heureuse avec lui, mais votre petit mot a plongé la mère de Michael dans un état épouvantable. Elle l'a trouvé « répugnant », en fait.

— Drôle de femme. Que leur avez-vous raconté, à propos de la semaine dernière ?

— Rien.

— Et vous, vous avez trouvé cela répugnant ?

Elle croyait le voir sourire.

— Non...

— Nous en reparlerons. Puis-je venir vous voir ?

Il allait trop vite...

— Il est tard. Si nous nous retrouvions lundi soir ?

— Parfait !

« Idiote ! marmonna-t-elle en raccrochant. De quoi as-

u peur ? » En réalité, elle le savait : elle avait peur
d'aimer et de se perdre.

Le dimanche s'écoula sans incident. Pattie le passa à
ire les romans de Duncan. Une fois de plus, elle comprit
à quel point elle le connaissait peu. Elle avait faim de sa
présence mais elle ignorait à peu près tout de lui.

Le dimanche fut donc un jour paisible. Il en fut tout
autrement le lundi. A peine arrivée au bureau, elle fut
accueillie par des sourires entendus.

— Inutile de vous demander si vous avez passé de
bonnes vacances, lui déclara Miss Grey, l'archiviste en
chef, qui prit l'ascenseur avec elle. Quand vous êtes
venue consulter son dossier, je ne me doutais pas que cela
finirait ainsi.

Elle secoua sa tête grise bien coiffée, mais ses yeux
pétillaient, et Pattie se sentit rougir.

Rose Richard avait l'air d'un chat qui vient de manger
un pot de crème ; son sourire allait d'une oreille à l'autre.
Quand la jeune fille s'approcha de son bureau, elle
s'exclama :

— Qui est ta bonne fée, hein ? Et il ne te plaisait pas !

Elle avait eu Pattie au téléphone une ou deux fois,
depuis le retour à Londres de la jeune fille, mais celle-ci
ne lui avait rien avoué de ses sentiments pour Duncan, ni
de ce qui s'était passé au pavillon de chasse.

— Il sait s'y prendre. On pourrait même s'attacher à
lui, plaisanta Pattie.

Rose éclata de rire.

— La photo est là pour le prouver !

— Quelle photo ?

Elle n'avait pas ouvert son journal, après l'avoir
ramassé sur le paillasson en quittant son appartement.

— Ce n'est pas encore Willie ? gémit-elle.

Cependant c'était bien cela. « Après leur commune
épreuve de la semaine dernière, où ils étaient restés
bloqués dans une maison isolée au beau milieu des landes
du Yorkshire, Duncan Keld, écrivain et personnalité de
la télévision, et Pattie Rost, journaliste, se sont retrouvés

samedi à une exposition de sculpture. Ils n'ont pas tardé à partir. Ensemble, naturellement. »

Personne ne s'était donné la peine de les questionner, et c'était inutile : la photo était assez éloquente. Duncan était une silhouette sombre, un peu penchée, mais le cliché avait été pris au moment où il posait sa main sur celle de Pattie, et la joie se lisait clairement dans les yeux de la jeune fille.

— Comment ont-ils osé ? murmura-t-elle sourdement.

Mais c'était leur métier, elle le savait.

— C'est une photo charmante, déclara Rose. Tu es sensationnelle.

Pattie hocha la tête avec un sourire forcé, et Rose prit soudain conscience de sa vulnérabilité. La jeune fille serait facilement blessée, et cet homme pouvait être dangereux. Elle conseilla doucement :

— Garde ton sang-froid, hein ? Ne va pas jeter ton bonnet par-dessus les moulins.

— Oh, non ! Pas de danger.

Cependant, elle aurait bien voulu en être sûre elle-même.

Tout le monde avait vu la photo, et on la taquina beaucoup. Elle s'attendait à recevoir un coup de fil de Duncan à ce propos, mais il ne l'appela pas. De toute manière, elle le verrait ce soir. Elle ébaucha son article sur lui.

Quand ses lectrices en prendraient connaissance, Duncan et elle se fréquenteraient peut-être encore, ou bien chacun aurait repris son chemin. Ce serait tenter le sort que de faire la moindre allusion à leur intimité, durant ces quelques jours. Elle adopta donc un ton léger, et fit du feu de cheminée le point culminant de son papier. Elle pouvait dire qu'elle n'avait pas été précisément heureuse quand le chasse-neige était parvenu jusqu'à eux. Elle ne pouvait pas dire qu'il venait la chercher ce soir, et qu'à l'idée de se retrouver en tête à tête avec lui, elle perdait conscience de tout le reste.

Il l'emmènerait dîner au restaurant, pourtant elle

aurait préféré rester avec lui à l'appartement. A l'heure du déjeuner, elle acheta des steaks. Quand il arriverait, s'il n'avait pas retenu de table, elle suggérerait de préparer elle-même leur repas. En tout cas, elle possédait une robe de soie toute neuve, couleur mandarine, ceinturée de daim noir, et elle avait fait une brèche dans son compte en banque en achetant un long manteau de velours noir.

Son appartement était à cinq minutes du métro, en marchant vite. Elle pressa le pas : le temps était encore très froid, et elle avait de multiples choses à faire en une heure et demie, avant l'arrivée de Duncan. Elle jeta un simple coup d'œil à la voiture inconnue stationnée devant l'immeuble, mais, sur le court passage dallé qui séparait la grille de la porte d'entrée, elle entendit des pas derrière elle. Elle se retourna. Une jeune fille, en veste et toque de renard bleu, demanda :

— Vous êtes bien Pattie Rost ?

— Oui. Mais je...

— Je suis Jennifer Stanley.

Pattie reconnut alors l'original des photos. Jennifer était d'une beauté saisissante.

— Je voudrais vous parler, déclara celle-ci. Je n'en aurai pas pour longtemps, cependant c'est important.

— Me parler de quoi ?

Pattie éprouvait encore des remords, à propos des fiançailles rompues, mais Jennifer sourit.

— Oui, je sais : vous êtes la journaliste qui avez découvert la liaison entre Duncan et moi, pourtant je ne vous en veux pas. J'aimerais que nous soyons amies.

— Amies ? répéta Pattie.

Elle ne comprenait pas, mais elle montra le chemin jusqu'à son appartement.

— Asseyez-vous, proposa-t-elle.

Jennifer s'installa sur le canapé, et arrangea soigneusement sa veste. La fourrure était magnifique, et la toque encadrait son petit visage en cœur.

— Je vous dois beaucoup, commença-t-elle gravement. J'aurais pu épouser un homme qui ne m'aimait pas vraiment.

— Oui, c'est bien possible, répondit Pattie, pour dire quelque chose.

Sa visiteuse sourit.

— Au contraire de mon cher Wilfred, qui m'aime profondément. Je suis très heureuse.

— J'en suis ravie pour vous, assura Pattie avec sincérité.

Elle se demandait pourquoi Jennifer Stanley avait pris la peine de venir lui raconter son bonheur.

— D'une certaine manière, c'est à vous que je le dois, reprit Jennifer, et je désire vous aider, moi aussi. J'ai vu votre photo dans le journal de ce matin. « La pauvre ! » ai-je pensé. Parce que je sais comment cela finira, et ce que Duncan pourrait faire de vous ; ce qu'il a peut-être l'intention de faire.

— Je vous comprends mal.

La visiteuse ébaucha un charmant petit geste d'impuissance.

— Excusez-moi, mais je tiens à me faire comprendre. Quand Nigel m'a abandonnée à la dernière minute, cela a été terrible. Je me suis effondrée ; je ne suis pas très solide.

Dans la luxueuse fourrure, elle paraissait effectivement toute petite et très fragile. Quand elle fermait les yeux, ses longs cils jetaient une ombre sur ses joues pâles.

— Je... j'ai tenté de me tuer, avoua-t-elle d'une voix sourde.

— Je ne savais pas, répliqua Pattie, horrifiée.

— Presque personne n'était au courant. Mais Duncan l'a su, lui. Il était fou de rage !

— Oui, j'imagine.

Jennifer ouvrit tout grands les yeux.

— Non, vous n'imaginez pas, je crois, à quel point il vous haïssait.

Pattie s'entendit protester.

— Ce n'était pas juste ! Pourquoi m'en vouloir à moi seule ? C'était sa faute, à lui aussi, et celle de Nigel.

Celle de Jennifer aussi, naturellement.

— Mais je ne vous en veux pas, rétorqua Jennifer. Pas le moins du monde. Cependant Duncan vous fera souffrir, il vous quittera.

Il se lasserait d'elle, elle le savait, parce qu'il ne l'aimait pas, mais jamais il ne l'abandonnerait par simple désir de vengeance.

— Duncan ne prend jamais les femmes au sérieux, poursuivit Jennifer. Jamais une femme ne passera avant son travail. Vous avez dû vous en rendre compte, là-haut, au pavillon. Pour l'instant, j'en suis sûre, il a de l'amitié pour vous.

Elle se leva, caressa de ses petites mains gantées de chevreau la fourrure de sa veste.

— Tout au fond de lui, la colère couve probablement. Quand vous aurez perdu l'attrait de la nouveauté, il vous laissera brutalement tomber. A mon avis, vous ne méritez pas cela, et je tenais à vous mettre en garde.

— Merci, répliqua Pattie. Ne vous inquiétez pas pour moi...

Jennifer se dirigeait vers la porte. Elle secoua tristement la tête.

— Pauvre Pattie, susurra-t-elle. Pauvre, pauvre Pattie !...

8

Longtemps, la jeune fille demeura frissonnante. Ce n'était certainement pas la gratitude qui avait amené chez elle Jennifer Stanley. Cependant, si elle avait tant souffert l'année précédente, Duncan en voulait peut-être encore profondément à Pattie. La charmante petite blonde qui avait séjourné au pavillon de chasse était-elle Jennifer ? Pattie était dévorée de jalousie.

Si seulement il ne venait pas ce soir, pensait-elle. Si seulement elle ne l'avait pas appelé... Il n'aurait certainement pas fait les premiers pas.

Elle aurait encore pu lui téléphoner, prétexter une migraine ou un rendez-vous professionnel inattendu, mais elle se persuada qu'elle aurait tort. Pourquoi se donner tant de mal ? Si elle conservait son sang-froid, si elle ne s'engageait pas plus avant, pourquoi ne profiterait-elle pas de la compagnie de Duncan ?

Jamais elle ne s'était préparée avec autant de soin. Elle passa sa robe neuve, et mit quelques touches d'un nouveau parfum, plus pénétrant que son eau de toilette habituelle, offerte par Michael. Elle n'était plus la même et, si Duncan l'avait aimée, elle se serait pleinement épanouie. Pourtant il ne l'aimait pas, ne l'aimerait jamais. Jennifer le lui avait bien fait comprendre. Elle avait éprouvé un choc cruel, quand son père n'était pas revenu. Si elle s'attachait trop passionnément à Duncan, le perdre signifierait pour elle la fin de tout. Elle devrait donc surveiller chacune de ses paroles, chacun de ses gestes, et maintenir leurs relations sur un plan neutre, amical.

Elle était debout derrière la fenêtre quand la voiture se rangea le long du trottoir, de l'autre côté de la rue. Il exerçait sur elle un tel magnétisme, qu'elle chercha des yeux autour d'elle un objet auquel se retenir. Elle avait envie de descendre en courant, d'atteindre avant lui la porte d'entrée. Néanmoins, elle resta près du bahut, agrippée au bois. Quand la sonnette tinta, elle cria ·

— Entrez !

Il était très élégant : costume sombre, pardessus foncé, chemise et cravate grises. Il s'avança vers Pattie, et, devant son sourire, elle retint son souffle. Lorsqu'il l'embrassa, elle se sentit sombrer dans un gouffre sans fond. Elle aurait voulu cesser de lutter, de penser, mais cela la mènerait seulement à la souffrance. D'ailleurs, c'était un baiser léger, une façon de dire « bonjour ».

— Pourriez-vous m'aidez à sortir un chat de sa caisse ? demanda-t-elle quand il la lâcha.

Ils retirèrent le reste de la paille. Duncan brisa les dernières lattes de la caisse, et parvint finalement à extraire la pierre.

— Où voulez-vous le mettre ? s'enquit-il.

— Dans ce coin, peut-être.

Poussant et tirant, ils laissèrent une trace profonde dans la moquette.

— Il pèse une tonne, remarqua Duncan.

— La mère de Michael s'inquiétait pour le parquet.

— Elle n'avait peut-être pas tort.

Les yeux du chat semblaient suivre Pattie.

— Il m'observe, n'est-ce pas ? plaisanta-t-elle.

— Il est là pour cela.

Avec un rapide sourire malicieux, il entreprit de ramasser la paille et de la mettre dans la caisse.

— Quand je ne serai pas là pour vous surveiller, il s'en chargera, déclara-t-il.

— De quoi donc me croyez-vous capable ?

— De n'importe quoi, quand je vous vois ainsi...

Il s'amusait : peu lui importait. Elle s'assit près du chat, lui caressa la tête. Il aurait été splendide dans le pavillon de chasse, près du grand feu pétillant.

— Michael et sa mère étaient là quand il est arrivé, expliqua-t-elle. Il ne manquait plus que cela !

— Ah oui ?

Il voulait tout savoir. Elle fit la grimace.

— J'étais au bord du fou rire, et j'avais toutes les peines du monde à m'empêcher d'exploser : Mme Ames s'obstinait à poser des questions, et Michael parlait de tout et de rien pour essayer de la faire taire. Elle me trouvait stupide de m'être laissé bloquer par la neige avec un homme comme vous.

Une lueur diabolique brilla dans les yeux de Duncan.

— Elle ne fait pas partie de mes admiratrices ?

— Oh, non !

— Et Michael vous trouvait stupide, lui aussi ?

— Oui, mais il ne tenait pas à avoir des détails. Il serait resté aveugle et sourd si, finalement, je n'avais pas éclaté de rire. Là, il a été tout proche de la fureur, je ne l'avais jamais vu ainsi. Il a pâli, puis est devenu écarlate, et s'est mis à bégayer. Enfin, il a laissé sa mère emporter ses paquets.

— La grande scène dramatique ? répliqua Duncan, feignant la stupeur.

Il changea de sujet.

— Vous avez vu la photo, dans le journal, ce matin ?

— Oui...

Michael et Mme Ames avaient dû la voir, eux aussi.

— Vous y êtes tout à fait à votre avantage, affirma-t-il.

Il n'avait pas l'air de l'avoir jugée ridicule, avec son expression d'adolescente éperdue d'adoration. Peut-être avait-elle exagéré les choses. Les gens qui l'avaient taquinée s'étaient bornés à déclarer qu'elle paraissait heureuse. Ils n'avaient pas dit « amoureuse ».

Sans doute ne l'était-elle pas, mais il l'attirait terriblement. S'ils restaient là encore un moment, il allait sûrement l'embrasser de nouveau, et elle s'enflammerait.

— Si nous partions ? suggéra-t-elle.

Elle se hâta d'aller se laver les mains, et de passer son manteau. En l'attendant, Duncan regardait autour de lui.

— Cela sent le neuf, remarqua-t-il. Qu'avez-vous fait ?

— J'ai collé du papier sur ces murs, et j'ai repeint les autres.

Si elle voulait lui faire visiter son petit appartement, elle devrait ouvrir la porte de sa chambre. Elle n'osait pas.

— Je meurs de faim, reprit-elle. Où dînons-nous ?

Il l'emmena dans un restaurant où elle n'était jamais allée. Une femme d'âge mûr, les cheveux blonds nattés en couronne, les accueillit avec un chaud sourire ; elle parlait une langue inconnue de Pattie. Un homme massif, aux traits lourds, serra Duncan dans ses bras. De vieux amis, pensa la jeune fille. On les conduisit à leur table, et plusieurs dîneurs saluèrent l'écrivain.

Pattie et lui furent emmenés à la cave pour choisir le vin. Il y avait là de nombreux casiers de bouteilles, certaines couvertes de poussière. Joe, le propriétaire, et Duncan marchaient devant Pattie et discutaient des grands crus, tantôt en anglais, tantôt dans cette langue incompréhensible.

Un peu plus tard, à table, elle demanda :

— Combien de langues parlez-vous ?

— Quelques-unes.

— Ce n'était pas mentionné dans les articles que j'ai lus.

— Personne ne m'avait encore posé la question, je crois.

Il lui versa du vin. Joe et sa femme s'empressaient pour servir de leur mieux un hôte apprécié.

— Où les avez-vous connus ? questionna Pattie.

— En Hongrie.

« J'aurais de telles aventures avec vous, pensait-elle. Vous menez une vie si bien remplie, si passionnante.

Mais jamais vous ne m'offrirez de la partager, sinon, peut-être, pour quelque temps, et vous dire adieu serait pire que la mort. »

Elle ne lui avait pas parlé de la visite de Jennifer, mais, réconfortée par le vin, elle commença :

— Jennifer Stanley...

Duncan l'interrompit :

— Je préfère de ne pas parler de Jennifer.

Son sourire avait fait place à un air rébarbatif. « C'est vrai, songea-t-elle, il m'en veut toujours. »

Il se pencha en avant, fit glisser ses doigts sur le bras de la jeune fille, et elle retint un cri. Oui, la colère était toujours là, mais il y avait aussi cette puissante sensualité. Elle regardait les longs doigts vigoureux, le poignet brun ; elle avait envie de lui saisir les deux mains pour les presser contre son cœur affolé.

Il retrouva son sourire. « Oublions Jennifer, disait ce sourire ; profitons de ce moment, de ce repas, de nous. » Alors elle mangea, but, sourit elle aussi. Quand la plupart des clients furent partis, Joe et sa femme se joignirent à eux pour prendre le café et le cognac, et tous quatre bavardèrent gaiement.

Quand elle se retrouva en voiture avec Duncan, Pattie regretta de voir la soirée s'achever. Lorsqu'ils arrive-raient chez elle, lorsqu'il la prendrait dans ses bras, comment réussirait-elle à le tenir à distance ? Mais comment pourrait-elle céder à ses avances, quand, pour lui, il s'agissait de la simple satisfaction d'un désir physique ?

Il s'attendait à être invité chez elle : il la trouvait désirable, et il se savait désiré. Elle espérait seulement qu'il ignorait à quel point. Non, elle ne terminerait pas la soirée dans les bras de Duncan Keld, mais elle se demandait comment elle allait s'y prendre.

— Vous vous trompez de chemin, remarqua-t-elle.

— Je pensais que vous aimeriez peut-être visiter mon appartement.

— Il est tard, mais... Bon, d'accord.

Elle aurait plaisir à découvrir comment il vivait à Londres. En ville, il n'était plus le même homme.

Il occupait le dernier étage et les combles d'une maison de l'époque victorienne qui donnait sur un parc. La pièce principale était vaste et tiède ; pourtant, il n'y avait pas de feu dans la cheminée ancienne. Le jour, la lumière devait entrer à flots par les trois grandes fenêtres, et il y avait des lustres au plafond. Cependant, pour le moment, la salle était doucement éclairée par une lumière indirecte. Des livres tapissaient tout un mur, les autres s'ornaient de tableaux modernes. L'un des rocs sculptés était posé sur une étagère basse. Pattie s'en approcha ; il était trois fois plus petit que sa pierre-chat, et c'était simplement une pierre... non : elle distingua les yeux, ensommeillés, mi-clos sous le soleil.

La plupart des meubles étaient modernes. Duncan avait dû rapporter certains objets de ses voyages : les tapis espagnols, les figurines aztèques. La pièce était luxueuse, intéressante.

— Qu'y a-t-il ? demanda-t-il.

Elle battit des paupières.

— Rien... c'est beau.

— Alors, pourquoi froncez-vous les sourcils ?

Elle ne s'en était pas rendu compte. Elle déclara lentement :

— Sans doute pensais-je à la différence avec votre maison de la lande. La grande pièce de l'étage n'est pas meublée du tout. Pourquoi n'y transportez-vous pas un peu de ce qui se trouve ici ?

— Parce que j'aime le pavillon tel qu'il est.

— Oui, acquiesça Pattie au bout d'un moment.

La maison représentait son refuge. Il était à l'aise dans la farouche solitude des landes. « Je le serais aussi, songea-t-elle, si vous consentiez à m'y ramener. Peut-être m'inviterez-vous cet été, quand vos amis monteront là-haut. Mais, quand vous y allez seul, vous ne voulez personne, et, l'été venu, nous ne serons peut-être même plus amis. »

Doucement, il la retourna vers lui. « C'est tout ce qui compte, pour lui », pensa-t-elle. Il se mit à l'embrasser, et elle dut faire un terrible effort pour ne pas s'accrocher à lui. Elle avait l'impression de renoncer à la vie même. Pourtant elle garda les bras rigides le long de son corps, les poings crispés.

— Non ! souffla-t-elle entre ses dents serrées.

— Très bien, dit-il en la lâchant. Que diable avez-vous encore ?

— Je n'ai pas l'intention de passer la nuit ici, pour le cas où vous auriez fait ce projet... Vous allez trop vite pour moi. Là-haut, au pavillon de chasse, la situation n'était pas tout à fait normale. Ici, nous sommes dans la vie réelle. J'ai l'habitude de dormir dans mon propre lit, et je désire rentrer, tout de suite, s'il vous plaît.

— Vous ne voulez même pas boire quelque chose ?

Elle était à bout de forces. Il n'en faudrait pas beaucoup plus pour vaincre sa résistance.

— Non, merci, répliqua-t-elle avec une politesse enfantine.

— Pas même si je promets de vous ramener ensuite chez vous, intacte ?

Il se moquait d'elle. Elle répondit misérablement :

— Je suis désolée. C'était une très bonne soirée, mais j'ai assez bu et j'aimerais rentrer chez moi.

Il la reconduisit à l'appartement.

— Pourrai-je vous voir demain ? s'enquit-il.

— Oh, oui ! acquiesça-t-elle, malgré elle.

Il partit, et elle gravit l'escalier. Si elle était restée, elle aurait maintenant été entre ses bras. Elle se sentait très seule ; elle s'installa par terre, près de la pierre-chat, et tendit la main vers elle. « Me tiendras-tu chaud, quand je serai vieille ? » lui avait-elle demandé. Elle se sentait vieille, ce soir. Et bien sotte, avec une pierre pour toute compagnie.

Peut-être était-ce une folie de ne pas saisir l'occasion qui s'offrait. Elle en avait pourtant été bien proche. Si Duncan n'avait pas cessé de l'embrasser, elle se serait mise à lui rendre ses baisers. Elle aurait fini la nuit près de lui.

Il avait cédé trop vite ; il ne tenait pas à elle. Oh, il la désirait, mais, avec sa séduction, il ne manquerait jamais de femmes. Et l'ombre de Jennifer Stanley serait toujours entre eux. Pattie avait fait preuve de bon sens. Si elle était restée, elle l'aurait regretté le lendemain matin. Cependant, cette pensée ne l'empêcha pas de pleurer dans son oreiller comme si son cœur se brisait…

En prenant sa première tasse de café de la journée, elle décida de ne plus revoir Duncan. Si elle cédait à son magnétisme, elle serait prise au piège, comme un papillon par la flamme. Elle allait mettre fin à l'aventure, avant d'être entièrement consumée.

Elle lui téléphona aussitôt, avant d'avoir le temps de changer d'avis.

— C'est Pattie, annonça-t-elle. Pour ce soir, je regrette, mais je suis obligée de travailler tard.

— Jusqu'à quelle heure ? Pour quoi faire ?

C'était idiot : elle n'avait pas préparé de réponse. Elle se lança dans un discours confus, à propos d'une comédienne qui passait par Londres et repartait le lendemain matin. Elle n'y avait plus pensé la veille, et venait seulement de s'en souvenir. Et, le mercredi, elle devait s'absenter.

— Ne soyez pas sotte, rétorqua Duncan. Je serai chez vous à sept heures et demie. Si vous n'êtes pas là, j'attendrai.

Ce jour-là, elle s'affola. Pas tellement parce que Duncan la serrait de trop près, mais parce que la violence de son propre désir l'effrayait. Si elle en avait parlé, à Rose, par exemple, celle-ci lui aurait conseillé de saisir ce qui s'offrait sans se poser de questions. Mais personne n'était en mesure de lui promettre que l'aventure durerait.

Elle ne dit rien à son amie. Après une journée de travail, elle rentra chez elle, et appela sa mère au téléphone. Elles s'appelaient souvent, s'écrivaient régulièrement. Le beau-père de Pattie était un homme charmant. La jeune fille était allée les voir, et il lui avait affirmé qu'elle pourrait s'installer chez eux le jour où elle le souhaiterait.

Elle envisageait maintenant cette possibilité. Un total changement serait peut-être une solution, quand elle n'aurait plus Duncan.

Sa mère venait juste de recevoir la lettre écrite au pavillon de chasse, dans laquelle Pattie n'avait donné aucune précision. Cette fois, elle déclara :

— J'ai été bloquée par la neige dans le Yorkshire, il a quelques jours.

— Oh, c'est si joli, le Yorkshire ! s'exclama sa mère.

Ce n'était pas joli. C'était d'une terrible beauté.

— Il y avait un homme, reprit la jeune fiile.

— Michael ? Il me paraît très bien, ce garçon.

La mère de Pattie renifla délicatement, et se mit à parler d'un rhume bien ennuyeux qui la défigurait.

— Ce sont les tempêtes venues de l'Alaska, assura-t-elle. Elles sont glaciales.

Rien, Pattie s'en rendit compte, n'avait plus d'importance pour sa mère que son nez rougi. C'était une enfant. Elle ne pouvait pas lui parler de ses problèmes ; elle devrait lutter seule. Il ne se passerait donc rien ; rien d'autre qu'une amitié.

Elle changea de robe, se demanda si elle devait préparer un repas. Les steaks de la veille étaient dans le réfrigérateur, mais elle redoutait la solitude à deux, et elle consulta les programmes des cinémas.

Ce soir-là, la porte de l'immeuble était fermée. Quand elle vit Duncan traverser la rue, elle descendit lui ouvrir.

— Bonjour, dit-elle, avant de le précéder dans l'escalier. Que faisons-nous, ce soir ? Je ne savais pas trop comment m'habiller. J'ignorais où nous irions.

— Mais vous savez au moins où nous n'irons pas, n'est-ce pas ?

Ils étaient dans l'appartement. Elle se retourna ; il riait.

— Oui, c'est vrai, répondit-elle.

Il reprit sa gravité.

— Ce qui s'est passé au pavillon ne compte pas ici. La situation était exceptionnelle...

— Vous avez raison. Cela ne compte pas.

Cependant, elle n'en oublierait jamais un seul instant. Il lui sourit de nouveau, et son cœur en fut poignardé.

— Personnellement, poursuivit-il, passé les deux premiers jours, j'ai été heureux de votre présence. Mais, je vous le promets, je ne vous ferai pas d'avances. Evidemment, si vous prenez l'initiative, je serai prêt. Pendant les deux prochaines semaines, en tout cas.

L'attitude puritaine de Pattie l'amusait, sans plus. Peut-être s'attendait-il à ce qu'elle vienne à lui.

— Deux semaines ? s'entendit-elle demander.

— Dans une quinzaine, je pars pour la Nouvelle-Zélande.

Elle n'aurait donc pas à prendre la fuite. Elle était certainement capable de tenir deux semaines sans se rendre ridicule. Elle reprit son souffle, et parvint à sourire.

— Vous ne restez pas longtemps en place. Où allons-nous, ce soir ? Il y a un film...

— Il y a une réception.

Ce fut une soirée très agréable, organisée par quelques collègues de Duncan à la télévision, pour célébrer la vente d'un feuilleton à un réseau américain. Tous les invités paraissaient brillants, et la plupart étaient séduisants, mais Duncan les dépassait tous d'une coudée. Les autres lui livraient passage, le regardaient, l'écoutaient. Plus d'une fois, Pattie se sentit dévorée de jalousie, quand une jeune fille, une jeune femme le touchait, lui parlait. Pourtant, elle n'avait aucun droit sur lui. Elle essayait de se comporter comme si elle ne remarquait rien.

Ils restèrent ensemble durant toute la soirée. Elle avait conscience des regards qui les suivaient. Elle entendit quelqu'un dire : « Elle est plutôt jolie, mais il est généralement plus difficile. » Il était question d'elle, elle en était sûre.

Il la reconduisit chez elle. En arrivant, il proposa :

— Nous nous voyons demain soir ?

— Oui, je suppose.

— Alors, bonne nuit.

Elle regarda la voiture s'éloigner, avec le souvenir d'un sourire, d'un geste de la main. Il ne lui avait pas fourni l'occasion de dire : « Vous montez prendre une tasse de café ? », ni même de lui tendre ses lèvres. Il s'en tenait à leur pacte ; il n'offrait rien si elle ne demandait rien.

Dans les jours qui suivirent, elle vit beaucoup Duncan. Tout le monde était convaincu qu'ils avaient une liaison. On taquinait Pattie, on l'enviait, et elle adorait sortir avec lui. Il aimait sa compagnie, cela ne faisait aucun doute, et elle avait le sentiment de retrouver sa jeunesse.

Elle n'était pourtant pas vieille, à vingt-deux ans, pourtant, après la mort de son père, elle n'avait plus connu un seul moment d'insouciance. Il y avait eu sa mère, puis sa carrière, toutes les responsabilités à assumer seule. Jamais plus elle ne s'était sentie jeune, mais, avec Duncan, elle retrouvait cette jeunesse de cœur. Quand, presque chaque soir, il venait la chercher au bureau, elle était légère comme un papillon, elle avait l'impression de pouvoir s'envoler par-dessus les toits, si on ne la retenait pas. Elle glissait sa main sous le bras de Duncan, et cela lui permettait de garder les pieds sur terre.

Certains soirs, il l'emmenait dans des restaurants luxueux. D'autres jours, ils mangeaient des hamburgers et des frites. Ils sortaient avec des amis de Duncan... il connaissait tout le monde. Parfois, ils passaient la soirée chez lui, écoutaient de la musique, bavardaient comme de vieux amis. Mais toujours, quand elle consultait sa montre, généralement vers minuit, il la ramenait chez elle. Et jamais il ne l'embrassa.

Sans doute avait-il pour la première fois ce genre de relation platonique avec une fille. Espérait-il la voir capituler de son propre chef, avant son départ ? Lui entendre dire : « Ce soir, je reste avec vous » ?

Elle ne s'y résoudrait pas. S'il l'avait vraiment voulu, il l'aurait déjà faite sienne. Il la traitait comme s'ils étaient liés de simple amitié depuis des années. « Je pourrais être sa sœur ! songea-t-elle. Quand je suis avec lui, c'est merveilleux, pourtant, la nuit, lorsque je me retrouve seule, je sais à quel point je désire davantage. »

Elle se rappelait alors Jennifer. Déjà, on lui répétait que sa « liaison » avec Duncan Keld ne durerait pas. Sans doute valait-il mieux continuer ainsi. Quand il partirait, le soleil, pour elle, s'éteindrait. S'il devait lui manquer à ce point, comme ami, que serait-ce si elle perdait un amant ?

Mentalement, elle comptait les jours. Le moment des adieux se rapprochait. Duncan l'avait prise au mot ; il tenait rigoureusement parole.

Ils passèrent ensemble la dernière soirée, dans le restaurant de Joe. Elle essayait d'oublier qu'après ce soir-là, elle ne le reverrait pas avant des mois. Elle se montrait particulièrement gaie : personne ne devait soupçonner sa souffrance.

Elle avait déjà enduré suffisamment de sympathie, ce jour-là. Tout le monde était au courant du départ de Duncan Keld. « Quel dommage ! » s'exclamait-on. Et Claire l'avait appelée pour lui demander ses impressions.

— Le monde est petit, avait déclaré Pattie.

— Pas à ce point-là... Tu vas attendre son retour ?

« J'espère bien que non, pensa Pattie. Mais j'ai bien peur de l'attendre tout le reste de ma vie. » Elle répondit :

— Bien sûr. Il est toujours agréable de retrouver des amis. Oui, je sais, la formule est usée, cependant nous ne sommes pas autre chose : de bons amis.

Non, ils n'étaient pas autre chose. Tant pis pour Pattie si elle était littéralement obsédée par lui. Elle parla à Duncan de ce coup de téléphone, et il remarqua :

— Ils doivent être en mal de copie. J'ai une nouvelle pour vous, ajouta-t-il.

Elle se demanda un instant s'il avait décidé de ne pas partir, mais il poursuivit :

— C'est à propos de votre voiture. On l'a finalement conduite dans un garage.

— La pauvre ! Quel est le verdict ?

— Barry a de l'espoir. Je vais vous donner le numéro de téléphone.

Pattie inscrivit dans son petit agenda le numéro de la ferme des Brunton ; elle les appellerait le lendemain pour les remercier. Le temps, là-haut, était encore très mauvais ; ils avaient dû se donner beaucoup de mal.

« En allant rechercher la voiture, pensa-t-elle, je passerai par le pavillon de chasse. » Mais elle ne pourrait pas y entrer. Duncan ne serait pas là ; la maison serait vide et froide. Bientôt, il ne serait même plus à Londres, et, là aussi, tout serait froid et vide.

— Tout va bien ? s'enquit-il.

— Oui, bien sûr.

— Vous avez l'air fatiguée.

— Il est tard.

Elle aurait voulu se mordre la langue : elle refusait de voir la soirée se terminer. Néanmoins, il y avait beaucoup de monde, chez Joe, et la plupart des clients s'attardaient, pour souhaiter un bon voyage à Duncan. Pattie avait les paupières lourdes quand, finalement, Duncan la ramena chez elle.

— Bonsoir, mon ange, murmura-t-il, devant l'immeuble.

— Adieu.

Il ne lui proposait pas de le retrouver le lendemain : ce serait son dernier jour à Londres, et il avait des rendez-vous professionnels. Il ne lui suggérait pas non plus de l'accompagner à l'aéroport.

Il se pencha devant elle pour lui ouvrir la portière. Il n'allait même pas la prendre dans ses bras. Il souriait.

— J'ai été heureux de vous connaître, assura-t-il.

Elle hocha la tête, comme une marionnette.

— Oui, moi aussi. Vous me manquerez.

Elle descendit de la voiture. Il ne fit pas un geste pour la retenir, pour la suivre. Le moteur tournait toujours.

— Je serai chez moi, demain soir, déclara-t-il. Après huit heures. Passez, si vous le voulez.

La voiture démarra sans heurt et s'éloigna dans la nuit, laissant Pattie toute frissonnante.

Elle avait cru que ce soir-là marquait le moment des adieux, mais il lui proposait maintenant de le revoir le lendemain. Il ne viendrait pas la chercher, mais, si elle le désirait, elle pourrait aller frapper à sa porte. Tout en arpentant la grande pièce, elle s'adressa à la pierre-chat : « A moi de jouer, hein ? Il aurait pu me faciliter les choses. Il lui suffisait de me tendre les bras, à n'importe quel moment. Je ne lui aurais plus résisté, et il ne l'ignorait pas. Il a mené à bien son entreprise de séduction, en restant strictement sur un plan platonique : j'ai plus que jamais envie d'être à lui. J'irai, demain soir. Oui, j'irai, naturellement. Mais il aurait pu me faciliter les choses. »

Elle était stupide, et elle le savait. Une seule nuit, puis il prendrait son avion. Quand il reviendrait, il aurait probablement oublié Pattie Rost. Elle pourtant n'oublierait jamais Duncan Keld : il faisait partie d'elle-même. Elle avait à peine accordé une pensée à Michael, depuis le jour où, furieux, il était sorti de chez elle ; naguère, cependant, elle avait cru l'aimer...

Par une ironie du sort, Michael lui téléphona le lendemain matin, après être resté tout ce temps sans lui donner signe de vie. Il savait par le journal que Duncan Keld quittait l'Angleterre ; Pattie, disait l'article, avait soutenu qu'ils étaient simplement bons amis. Ils étaient souvent sortis ensemble, Michael ne l'ignorait pas, mais Pattie lui manquait, et il était disposé à renouer leurs relations. Pas tout de suite sur le même plan, naturellement, mais, s'ils se rencontraient, il verrait bien s'il subsistait un espoir.

— Votre ami du pavillon de chasse part en voyage,

n'est-ce pas ? Vous allez avoir des loisirs. A quoi les occuperez-vous ?

Elle avait l'impression de se trouver devant un mur noir qui bouchait l'avenir, mais elle répondit gaiement :

— Oh, je trouverai bien quelque chose. Pardonnez-moi, je n'ai pas le temps de bavarder : j'ai mille choses à faire... Rappelez-moi au bon souvenir de votre mère, ajouta-t-elle avec une nuance de malice, avant de raccrocher.

Elle n'avait confié à personne qu'elle voyait Duncan ce soir-là. Elle avait beaucoup de travail, et, devant les autres, elle se composa un visage souriant. Duncan partait, certes, mais elle ne s'attendait pas à ce qu'il reste. Il lui téléphonerait, il lui écrirait ; elle aussi. Rose l'invita à dîner chez elle, et, hypocritement, elle refusa, sous prétexte d'un rendez-vous avec des amis.

Personne n'était au courant, mais elle se rendait chez Duncan. Elle y allait, parce qu'elle ne pouvait s'en empêcher. Ce serait pour elle une sorte de défaite : ils savaient l'un et l'autre que, si elle venait, elle passerait la nuit chez lui...

Elle mit dans son sac à main une brosse à dents, et quelques produits de maquillage. Si elle s'était trompée, s'il y avait d'autres invités, si Duncan avait l'intention de la ramener chez elle, une petite valise aurait été terriblement embarrassante. Elle avait appelé un taxi et, en l'attendant, elle téléphona aux Brunton. Janet répondit.

— Je voulais vous remercier pour votre gentillesse, déclara Pattie. Duncan m'a dit que vous avez récupéré ma voiture ; je vous suis vraiment reconnaissante...

Janet lui donna l'estimation des réparations nécessaires, d'après le garagiste ; ce n'était pas exagéré.

— Oh, ajouta-t-elle, nous avons retrouvé votre médaillon. La chaîne est cassée, mais il n'a pas de mal.

— Magnifique !

— Nous l'avons envoyé à Duncan, il y a un jour ou deux.

Il l'avait peut-être reçu le matin ; sinon, ce serait

certainement pour le lendemain. Pattie renouvela ses expressions de gratitude, et Janet demanda :

— Comment vous entendez-vous, Duncan et vous ?

— Bien. Néanmoins il part demain pour la Nouvelle-Zélande. C'est notre dernière soirée.

— Oui, il ne reste jamais longtemps au même endroit. Faites-lui nos amitiés, d'accord ?

— Je n'y manquerai pas, promit Pattie.

Leurs amitiés et la sienne. La leur était une véritable amitié, tandis que la sienne était mêlée de passion et de désir. En tout cas, elle avait maintenant une bonne excuse pour se présenter chez lui : elle venait chercher son talisman.

Elle sonna à la porte, et il lui ouvrit. A sa vue, elle sentit son cœur lui manquer. Il en serait toujours ainsi. D'une voix un peu rauque, elle bredouilla :

— J'ai téléphoné à Janet Brunton. Ils ont retrouvé mon médaillon, et ils l'ont posté à votre adresse il y a un jour ou deux. Il est arrivé ?

— Non. Désolé.

— Oh ! Ce serait un comble, s'il se perdait en chemin.

Ils montaient l'escalier. De l'appartement de Duncan ne parvenait aucun bruit. Elle s'en réjouit ; elle aurait eu du mal à faire bonne figure, à soutenir une conversation.

Quand ils entrèrent dans la grande pièce, il demanda :

— Vous êtes venue pour le talisman ?

— Je serais venue de toute façon, répondit-elle.

— Voulez-vous que je vous dise quelque chose ?

Elle perçut le sourire dans sa voix. Elle ne l'avait pas encore regardé, mais, cette fois, elle leva les yeux.

— Nous aurions pu nous croiser, murmura-t-il. Je partais chez vous.

Ses bras se refermèrent sur la jeune fille. Elle eut peur de fondre en larmes, et blottit son visage au creux de l'épaule de Duncan, en tremblant.

— Tout va bien, maintenant, reprit-il doucement. Et tout ira toujours bien...

Non, pas toujours, pas à partir du lendemain. Cependant, elle était dans ses bras, et plus rien d'autre n'avait d'importance.

— Cela m'est égal, commença-t-elle. Je ne peux pas vous laisser partir sans vous avouer que je vous aime. Je ne vous l'ai pas montré, mais je vous aime. Je suis désolée pour Jennifer Stanley...

— Que vient-elle faire là-dedans ?

Pattie n'avait pas envie d'en parler, mais elle était obligée de s'expliquer.

— Elle m'a rendu visite. Elle m'a assuré qu'elle n'était plus fâchée contre moi, à présent, parce qu'elle allait épouser un homme qui l'aimait vraiment. Mais, d'après elle, vous me gardez toujours rancune...

A voix basse, il lâcha un juron.

— Je me sentais moi-même coupable, répliqua-t-il. Je vous ai prise comme bouc émissaire, mais je m'en voulais à moi.

— A-t-elle... a-t-elle essayé de se tuer ?

— Elle a avalé trop de comprimés, mais elle savait qu'on la trouverait à temps. Je l'ai beaucoup vue, l'été dernier. Je me jugeais responsable d'elle.

Même si c'était douloureux, elle devait poser la question.

— Vous avez été... amants, l'été dernier ?

— Non, répondit-il, avec une évidente sincérité. Néanmoins, j'avais pitié d'elle. Etre ainsi abandonnée avait cruellement blessé son orgueil, mais c'était surtout la perte d'un homme fortuné qui la rendait malade. Son fiancé actuel sera incapable de lui assurer une existence aussi confortable.

« Voilà pourquoi elle est venue m'empoisonner l'esprit, songea la jeune fille. C'était elle qui me haïssait, pas vous. Elle voulait se venger en nous séparant. »

— Vous ne m'avez jamais vraiment pardonné cette histoire, d'après elle. Elle a affirmé que le jour où vous cesseriez d'être attiré par moi, vous me quitteriez.

— Mon idiote chérie, je ne suis pas attiré par vous...

— Ah non ?

Elle était toujours dans ses bras. Il ne plaisantait pas : il n'y avait pas l'ombre d'un sourire dans ses yeux.

— Je suis malade d'amour pour vous, murmura-t-il d'une voix sourde. Vous m'arrachez le cœur, chaque fois que je vous regarde.

— Alors, pourquoi m'avez-vous si vite mise à la porte quand les Brunton sont arrivés ? Pourquoi ne pas m'avoir demandé de rester ?

— J'en avais envie, mais j'ai songé : tu es là pour travailler.

— Votre travail, oui, bien sûr...

Son travail passait toujours avant le reste.

— Et, après mon départ, vous avez rattrapé le temps perdu.

— Je n'ai rien rattrapé du tout.

Pattie faillit s'étrangler, et ouvrit de grands yeux quand il continua :

— Je ne réussissais pas à écrire un mot, tant je pensais à vous. J'ai déplacé des tonnes de neige, à la recherche de votre talisman, sans parvenir à le retrouver. Autant regagner Londres, me suis-je dit. J'ai engagé l'un des hommes de Barney pour fouiller à ma place, et j'ai découvert que je pouvais travailler si vous n'étiez pas trop loin de moi.

— Ce n'est pas vrai, balbutia-t-elle.

Mais, si c'était vrai, comme ce serait merveilleux !

— Si vous m'avez suivie jusqu'ici, pourquoi ne pas m'avoir donné signe de vie ? Si je n'étais pas allée à cette exposition...

— J'attendais votre talisman. Je voulais vous l'apporter, vous dire : « Souvenez-vous de moi aussi, quand vous le porterez. » Je ne m'attendais pas à vous rencontrer à cette exposition. En vous voyant entrer, j'ai eu envie de me précipiter vers vous pour vous serrer dans mes bras, mais j'étais au courant de la présence d'un photographe, et j'étais loin d'être sûr de votre réaction.

— Cela m'aurait plu. Oh, tellement !

— Vous ne le montriez guère. J'étais horriblemen

jaloux de Michael. Je me suis arrangé pour vous faire parvenir la pierre-chat ce soir-là, dans l'espoir que son arrivée déclencherait quelque chose.

— Vraiment ? demanda-t-elle en souriant. Eh bien, vous avez réussi. Mais, après ce qui s'était passé au pavillon de chasse, Michael avait perdu tout intérêt pour moi. Vous ne le saviez donc pas ?

— Ce qui s'était passé là-haut ne comptait pas, ce sont vos propres paroles, lui rappela-t-il.

Elle s'était mise sur la défensive, et son attitude lui faisait maintenant horreur. Elle aurait pu être auprès de cet homme, son amour, depuis bien des nuits, et celle-ci était la dernière. La dernière. Elle avait envie de pleurer sur tout le temps perdu. Elle gémit :

— Vous me le dites maintenant, quand vous allez partir !

— Pas sans toi, assura-t-il.

Elle se pendit à son cou, il l'embrassa, et la pièce se mit à tournoyer vertigineusement autour d'elle.

Il poursuivit :

— Si tu n'étais pas venue ce soir, j'allais te chercher. Je ne peux pas me passer de toi, je te veux près de moi, pour de bon. Demain, nous prendrons toutes les dispositions pour notre mariage.

— Un mariage ? répéta-t-elle.

Duncan lui mit un doigt sous le menton, lui releva la tête. Il souriait, mais son sourire était incertain et, tout en s'exprimant avec énergie, il la suppliait :

— J'en ai assez d'attendre que tu te décides ! Maintenant, c'est moi qui dirige les opérations. Nous allons nous marier...

— Cela pourrait être amusant, fit-elle doucement, d'une voix tremblante.

Elle vit la joie illuminer son visage. Comme il devait l'aimer ! En elle, le bonheur flamba, éclata en un millier d'étoiles.

— Cela le sera, souffla-t-il. Je te le promets. Amusant, et bien d'autres choses encore.

— Nous habiterons ici ?

— Une partie de l'année.

— Cela me plaît, je le crois, du moins. Mais je n'ai pas encore tout vu, je ne connais pas les pièces du haut...

Un escalier montait vers ce qui avait été les combles, et qui devait maintenant abriter les chambres.

— Elles te plairont...

Ils étaient tout près l'un de l'autre. Le sourire se figea sur leurs lèvres, à mesure que leur passion s'intensifiait. Pattie passa les bras autour du cou de Duncan et, toujours dans un murmure, lui dit :

— Je me rappelle : un jour, tu m'as portée jusqu'à l'étage.

— Je m'en souviens aussi, répondit-il.

Il l'enleva dans ses bras. L'un contre l'autre, leurs cœurs battaient à tout rompre. Il l'emporta et, en haut de l'escalier, l'embrassa...

LE TAUREAU

(20 avril-20 mai)

Signe de Terre dominé par Vénus : Beauté.

Pierre : Agathe.
Métal : Laiton.
Mot clé : Sensation.
Caractéristique : Économe.

Qualités : Très agréable en société, amie précieuse, aime la compagnie. Douceur, tendresse. La dame du Taureau est aussi exclusive.

Il lui dira : « Mais vous êtes jalouse ! »

LE TAUREAU

(20 avril-20 mai)

Un signe sage, gentil, organisé, méthodique, qui sait heureusement écouter de temps en temps le petit grain de folie qui lui inspire fantaisie et originalité.

Pattie, née sous le signe du Taureau, sait prendre des risques quand il le faut.

Collection Harlequin

Les chefs-d'oeuvre du roman d'amour

Recevez *chez vous* 6 nouveaux livres chaque mois... et les 4 premiers sont GRATUITS!

Associez-vous avec toutes les femmes qui reçoivent chaque mois les romans Harlequin, sans avoir à sortir de chez vous, sans risquer de manquer un seul titre.

Des histoires d'amour écrites pour la femme d'aujourd'hui

C'est une magie toute spéciale qui se dégage de chaque roman Harlequin. Ecrites par des femmes d'aujourd'hui pour les femmes d'aujourd'hui, ces aventures passionnées et passionnantes vous transporteront dans des pays proches ou lointains, vous feront rencontrer des gens qui osent dire "oui" à l'amour.

Que vous lisiez pour vous détendre ou par esprit d'aventure, vous serez chaque fois témoin et complice d'hommes et de femmes qui vivent pleinement leur destin.

Une offre irrésistible!

Recevez, *sans aucune obligation de votre part*, quatre romans Harlequin tout à fait *gratuits!*
Et nous vous enverrons, chaque mois suivant, six nouveaux romans d'amour, au bas prix de $1.75 chacun (soit $10.50 par mois) sans frais de port ou de manutention.
Mais vous ne vous engagez à rien: vous pouvez annuler votre abonnement à tout moment, quel que soit le nombre de volumes que vous aurez achetés. Et, même si vous n'en achetez pas un seul, vous pourrez conserver vos 4 livres gratuits!